SELAHATTİN DEMİRTAŞ

DAD

*dipnot yayınları

DAD/Selahattin Demirtaş

Dipnot Yayınları 390 ■ Edebiyat 37
ISBN: 978-605-71979-4-8
1. Baskı, 2023/Ankara

EDİTÖR: İbrahim Yıldız
KAPAK TASARIMI: Kemal Gökhan Gürses

BASKI ÖNCESİ HAZIRLIK: Dipnot Bas. Yay. Paz. San. Ltd. Şti.
BASKI ve CİLT: Ayhan Matbaası (SERTİFİKA NO: 44871)
Mahmutbey Mahallesi, 2622. Sokak, No: 6/31 Bağcılar/İstanbul
Tel: 0212 445 32 38

DİPNOT YAYINLARI (Sertifika No: 14999)
Selanik Cad. No. 82/24 Kızılay / Ankara
Tel: (0 312) 419 29 32 / Faks: (0 312) 419 25 32
e-posta: bilgi@dipnotkitap.com
www.dipnotkitap.com

İçindekiler

Çöplük

Hiç, bir şehir çöplüğünde zaman geçirdiniz mi? Yok. Birçoğunuz uzaktan bile görmemişsinizdir. Kapitalizm gerçekte nedir diye merak ediyorsanız bir uğrayın derim. Sınıf mücadelesi tarihinin anlatıldığı bir akademi var orada, tabii bakmasını bilene. Alışveriş merkezlerinde meseleyi bu kadar net göremezsiniz. Cafcaflıdır oralar, aklınızı başınızdan alır.

Oysa çöplük öyle mi? Burada her şey ayan beyan, bok gibi ortadadır. Bazen çöp tepeciklerinden birinin üzerinde dikilip etrafımdaki atık yığınlarına bakıyorum. Bunca şeyi ne ara tükettiniz, niye tükettiniz diye hayretler içinde kalıyorum. Daha önemlisi, bunca şeyi niye ürettiniz? Daha daha önemlisi, bunca şeyi üretip tüketebilmek için kölesi olduğunuz sistemi ne diye yarattınız? Sümerlerden daha mı mutlusunuz? İnkalardan daha mı huzurlu veya İndus Vadisinin esmer kabilelerinden daha mı güvendesiniz?

Kendinize ne ettiniz böyle Allah billah aşkına? Oturaydınız oturduğunuz yerde. Bu nasıl bir israf, nasıl bir hoyratlıktır? Yedi milyar insan sadece bir haftalığına abartılı tüketmeyi bıraksanız kapitalizm çöker. İşte bu yüzden hiç durmadan, yirmi dört saat tüketmeniz lazım, tabii bunun için de yirmi dört saat üretmeniz. Dünyadaki kaynaklar sınırlıymış, tükenmek üzereymiş, üretimin tüm aşamalarında korkunç bir emek sömürüsü yaşanıyormuş, doğa bir daha düzelmeyecek şekilde yok oluyormuş, tüketim çılgınlığına dahil olmak için kıçımızı yırtarken tüm insani değerler bir bir yozlaşıyormuş; sevgi, saygı, merhamet, dayanışma, paylaşma, aşk, onur, haysiyet beş paralık oluyormuş kimin umurunda... Umurunuzdaysa tüketmeyin oğlum, tüketmeyin; bırakın yıkılsın kapitalizm.

Belki otuz beş çeşit mısır gevreği seçeneğiniz olmaz ama mutlu olursunuz. Merak etmeyin, süt mısırını koçanından ısırır ısırır yersiniz, taze taze. Organik, ucuz, herkese yetecek miktarda. Hem de bilmem nerenizden ter akıncaya kadar, günde on saat çalışmak zorunda kalmadan.

Tamam, bu kadar çöplük propagandası yeter sanırım. Bakın, çöplük insanın beyin damarlarını açıyor diyeceğim, güleceksiniz. Gülün, bana ne. Umursamıyorum. Bu çöplük olmasaydı var ya, ben bunca sorunla hayatta baş edemezdim. Burası iyileştirdi beni.

Birkaç gündür sabahları zor uyanıyorum. Tüm vücudum kaskatı kesilmiş halde güçlükle kalkıyorum yataktan. En çok da belim ağrıyor; sanırım yatağı değiştirmem lazım. Yatak dediğim posası çıkmış iki şilte sonuçta. Bu gece gelecek malzemeler arasından daha uygun bir şeyler bulurum belki. Her şeye alıştım da vücudum şu lanet yatağa bir türlü uyum sağlayamadı. Çocukluğumdan beri tam yirmi yedi yıl normal yataklarda yatınca...

Başlangıçta koku biraz zorluyordu. Kanıksadım ama. Hatta seviyorum artık bu kokuyu. Yanık gibi. Hayatın gerçek kokusu.

Şehir çöplüğü gibi kokuyor diyesim var fakat burası zaten şehir çöplüğü. Beş aydır burada yaşıyorum. Tamı tamına dört ay on sekiz gün. Duvara astığım kocaman bir kartonum var, her gün için bir çentik atıyorum üzerine, mahpuslar gibi. Çok rüzgar olduğunda duvardan düşüyor. "Evim" günün birinde tümden uçup giderse şaşırmam. Kendim yaptım. Birkaç tahta direğin üstünü, etrafını naylonla çevirdim, ev oldu işte. Kapısı yok; naylonu kaldırıp eğilerek girip çıkıyorum. Kapı olmayınca kapıyı çalan da olmuyor haliyle. Böyle daha iyi. İstesem şu çöplükteki malzemelerden bile evin kralını yaparım buraya. Beş yıllık makine mühendisiyim. Adım Ahmet, bu arada. Batmanlıyım.

Bir makine mühendisi ne diye şehrin çöplüğünde yaşar diyorsunuzdur.

Anlatıyorum. Ama durun, kahvaltımı yapayım önce. Yiyecek sıkıntısı yok burada. Çöpe nelerin atıldığını bir bilseniz market arabasını alır doğruca buraya gelirsiniz.

Buranın da mafyası var tabii. Öyle rastgele gelip çöpü karıştırmanıza izin vermezler. Neyse ki burası Hakkarililerin kontrolünde olduğundan bana kıyak geçtiler. Minik sarayıma ses etmiyorlar. Arada halimi hatırımı sormak için uğradıkları bile oluyor. Gelirken içecek, nevale falan getiriyorlar; hepsi çöplükten tabii. Güzel oluyor. Konuyu dağıtmayayım, Eleni'yi anlatıyordum. Anlatıyor muydum? Anlatacağım işte.

* * *

IŞİD'in Kobani'ye saldırısından kaçıp Suruç'a sığınanların kaldığı mülteci kampını dayanışma amacıyla ziyaret eden Hülya Avşar'ın gözlerinin aynısıydı Eleni'nin gözleri. Dudakları ise yine IŞİD katliamlarından kaçarak Mardin'e sığınan Ezidi Kürtlerin kaldığı kampı ziyarete gelen Angelina Jolie'ninkine benziyordu, ama silikon yaptırmadan önceki haline. Uzun, güzel bir yüzü vardı; uzaktan Julia Roberts'ı andırıyordu. Tabii henüz bir mülteci kampımızı ziyarete gelmediğinden Julia'yı yakından görme şansım olmadı.

Eleni ile ben bu kampların gönüllü çalışanlarıydık. O, çocuklara psikolojik destek sunuyordu; ben de kampların inşasında mühendis olarak koşturuyordum. Tanık olduğum acıları, vahşeti, yıkımı, travmaları, utancı, çaresizliği uzun uzun anlatabilirim size. Birazcık insanlığınız varsa sarsılırsınız. Fakat ben size aşkı anlatmak istiyorum çünkü bir yerde aşk varsa orada umut da vardır. Başka nasıl ayakta kalabilir insan?

Vahşetten kaçıp sınırı geçerek akın akın bize gelen on binleri görünce yeryüzünde hiçbir şeyin artık eskisi gibi olmayacağını düşünür; keyifli kahvaltı sofralarında kekikli biberli zeytinlerle, huzurlu bayram sabahlarında baharatlı çöreklerle, okul önlerinde gizli buluşmacalı acemi âşıklarla, nohut tarlalarının isyancı kızıl gerillası gelinciklerle karşılaşmayacağınıza üzülür; önü sulanıp süpürülmüş sabahçı kahvesindeki radyodan kaçak çay kokusuna karışarak yayılan türkülerin neşesini, yolunu şaşırıp her nasılsa Batman'a gelmiş ünlü şairin küçük bir kafede tıkış tıkış, sıkış tepiş ama yine de gözyaşları içinde okuduğu şiirlerin hazzını, hüznünü bir daha asla duyamayacağınızı sanarak yıkılırsınız. Gelenler sanki yol boyunca geçtikleri coğrafyanın binlerce yıldır birikmiş tüm kederlerini, acılarını omuzlarına yükleyerek getirmişlerdir. Hemen o gün, o saatte, elinizden ne geliyorsa işte, onlar için bir şeyler yapmak istersiniz. Aksi takdirde o keder bir daha silinmemek üzere yeryüzünü teslim alacakmışçasına telaşla panikle koşturursunuz. Gelenler yorgundur, açtır ve de korku vardır gözlerinde. Onlar Kürtçe ağıtlar yakar, siz onları Kürtçe avutursunuz, ama yine de uzaya savrulmuş toz zerrecikleri kadar boşlukta, belirsiz, sahipsiz, topraksız hissederler kendilerini öz vatanlarında. Hiçbir beddua, hiçbir dua işe yaramaz. Lanet okuyacağınız bir düşmanınız bile yoktur. Cephe gerisidir burası; top sesleri yerine ağlayan çocukların, inleyen kadınların, ağıtların sesi yükselir ki artık çok geçtir. Şimdi yaşama zamanıdır; hayata tutunma, umuda sarılma bir lüks değil, mecburiyettir, görevdir orada.

Ben de Batman'dan Mardin'e yardıma koştum hemen. Belediyeler, sivil toplum kuruluşları ve binlerce gönüllü, çalışmalara başlamıştı bile. Bir kampın inşası için proje sorumlusu ekipte görev aldım. İlk etapta çadır kent kurulacaktı ama yine de altyapıya, kanalizasyona, lavabo ve tuvaletlere, çadır iskan planlarına ihtiyaç vardı. Elbirliğiyle hepsini yaptık. Üç gün içinde çadırlar dahil her şey kabaca tamamlandı, sonra hüzün kervanı sessizce gelip kampa yerleşti. Günlerdir ilk defa, o anda havadaki oksijenin farkına varıp birazcık nefes aldık.

Kampın eksik kalan işleri için birkaç gün daha çalışmamız gerekiyordu. Ayağımda lastik çizmeler, kafamda baretle koşturup duruyordum. O gün, aydınlatma direkleri vinçle yerlerine çakılacaktı. Sağlık ve danışma merkezi olarak planladığımız büyük çadırın önünden geçerken bir kadın, "Bakar mısın?" diye seslenince döndüm. Çadırın girişindeki el arabasını işaret ederek, "Bu molozları dökmemize yardım edebilir misin, arkadaşım?" diye sordu. Türkçeyi Avrupalı aksanıyla konuşuyordu ama görünüşü Avrupalılardan çok Kızıltepelilere benzeyen bu yeryüzü meleğine bakarken afallamış olmalıyım ki isteğini tekrarladı. Beni kamptaki amelelerden biri sanmıştı galiba. Olsun. Mütevazı davranıp onu sonradan şaşırtarak etkileme fırsatı yakalamıştım. "Tabii ki. Hemen döküp getiririm," dedim, ağzına kadar dolu el arabasını güçlükle kaldırıp çamurun içinde ittire ittire hafriyat alanına götürdüm. Boş arabayla çadırın önüne geri geldiğimde melek dışarı çıkıp bana teşekkür etti.

Muhtemelen yurtdışından yardıma gelen gönüllülerden biridir diye düşündüm. İçeride birkaç kadın çadırı düzenlemekle meşguldü. Burası bir sağlık merkezi olacağından beş yatak, paravanlar, muayene masası falan yerleştirilmişti; kadınlar son düzenlemeleri yapıyorlardı. Meleğin doktor olabileceği geldi aklıma, bu durumda beni amele sanması iyi olmazdı herhalde. Yani şansımı bir hayli azaltırdı. Yanlışsam düzeltin, dünyada kaç doktor bir ameleye âşık olmuştur ki? Herkes kendi dengiyle sevişecek ya! Resmen barbarlık! Ama bu tarihi yanlışı bugün burada düzeltmek bana farz değil herhalde. Ben mühendisim kardeşim, doktora âşık olma yetkisi tanınmış bana, ne yapayım yani! Fakat çiğlik yapmadan mühendis olduğumu nasıl söyleyeceğim? Fazlaca düşünemedim artık, elimi uzatıp, "Ben Ahmet. Başka bir işiniz varsa yardımcı olabilirim," dedim. "Ah, seni biliyorum Ahmet. İlk günkü tanışma toplantısında görmüştüm," demesin mi! Peki ben nasıl görmemişim bu arkadaşı? "Ben de Eleni. Fransa'dan geldim. Psikoloğum," diye ekleyince bana gün doğdu. "Ben de makine mühendisiyim. Mühendislik bir iş olursa haber verin, hemen gelirim," dedim. "Ah, evet. Aslında var," diye karşılık verdi. Çadıra dayalı küreği alıp uzattı, "Şu çamuru, en azından yola kadar olan kısmını temizleyebilirsin," dedi, çadıra girdi. Küreğin sapı elimde, öylece kalakaldım dışarıda.

Kadınlar bu kadar acımasız olmak zorunda mı?

Ben ki seni acılarla dolu bu mülteci kampında yıldız sanatçılardan kopyala-yapıştır yoluyla tarifleme cesareti göstermişim, kürek sapı nedir Allah aşkına? Tamam, hepimiz gergin, üzgün, kızgınız, ama öfkemiz birbirimize değil, bunun farkındayız. Yoksa Eleni de IŞİD'e olan öfkesini bu şekilde mi yansıtıyor?

Küçükken annem, babamın yanında beni, "Kurê kere" diye kalaylardı. Tabii ki kızgınlığın ve küfrün asıl hedefi babamdı. Yine de küfür doğrudan kendisine yönelmediğinden sesini çıkaramaz, küfrü yediğiyle kalırdı babam. O da buna karşılık, annemin yanında, "Kurê kere" diye küfrederdi bana. Aslında dertleri başkaydı, böyle zamanlarda evden uzaklaşmak en iyisiydi. Yok, kavga çıkacağından değil, olay kesin yatak odasında son bulurdu. Fakirin fantezisi bu kadar oluyordu demek ki.

Yola kadar olan çamuru temizleyip başımı çadırdan içeri uzatarak, "Girişi temizledim. Gerçekten de mühendislik bir işiniz olursa haber verirsiniz artık," diyerek geri dönüyordum ki Eleni o tatlı Fransız aksanıyla diğer kadınlara, "Sizin burada mühendisler çay getirebiliyor mu kızlar?" diye sormaz mı! Yok artık! Açıkça dalga geçiyor kadın. Diğer genç kadınlardan biri "A, evet. Mühendisler statik, denge meselelerini falan iyi bildiklerinden çayı dökmeden tepsiyi taşıyabilirler," dedi. Bunun üzerine Eleni bana dönüp, "E, o zaman bize dört çay getirebilir misin, mühendis arkadaşım?" deyince ağlamamak için zor tuttum kendimi. Kulaklarıma kadar kızardığımı hissettim.

Fakat hemen toparlandım ve kendimi sükunete davet ettim. Burası bir sığınmacı kampıydı ve hepimiz gönüllüydük sonuçta. Kimin ne iş yaptığı önemli değildi. Önemli olan, işlerin yürümesiydi. Kaldı ki statümüz ve sosyal kimliklerimiz insani değerler karşısında bir hiçtir, öyle değil mi? Çayları almaya giderken yol boyunca kendimi bunlarla avutmaya çalıştım çalışmasına ya, içim kan ağlıyordu aslında. Kendimi resmen aşağılanmış, alaya alınmış falan hissediyordum. Yok, bu sonuncusu fazla oldu. Yine de bunu kutsal bir insanlık görevi addederek karton bardaklarda çay getirip çadırın kapısında Eleni'ye verdim, yüzüne bile bakmadan geri dönüp boynumu bükerek yürüdüm.

Daha iki adım atmıştım ki arkamdan, "Ahmet!" diye seslendi. Yine ne var acaba diye düşünüp döndüğümde elinde tepsiyle gelip dudaklarıma bir öpücük kondurdu, "Mersi," dedi.

Kadınlar bu kadar tatlı olmak zorunda mı?

Ermeni baba, Türk anneden Fransa'da doğmuş Eleni. Ezidi Kürt mülteci kampına gönüllü destek için gelişi belki Angelina Jolie kadar ses getirmemişti ama tek bir öpücüğü benim geçmişimle geleceğimi yara bandıyla birbirine yapıştırmayı başarmıştı. O yara bandı halen orada duruyor. Söksem kanamaya başlar, ikiye bölünür hayatım. Birleşmez bir daha.

Üç ay boyunca kamplarda beraber çalıştık, yakın arkadaş olduk. Bir daha öpüşmedik. Gerçi ilki de öpüşme sayılmazdı. O beni öpmüş, bense şaşkınlıktan kalakalmıştım. Sonra gitti Eleni. Öyle, ansızın. Vedalaşmadan. Altı ay kadar sonra cenazesinin Fransa'ya götürüldüğünü okudum. Bütün medya onu yazdı. Şengal'de IŞİD'e karşı savaşırken... Kahramanca...

Kadınlar bu kadar cesur olmak zorunda mı?

Eleni ve onun gibiler üzerine hep çok kafa yormuşumdur. İnandığı gibi, tavizsiz yaşayabilmek, inançları uğruna ucunda ölüm bile olsa her şeyi yapabilmek... Öyle iki kelimeyle açıklanabilecek ya da benim gibi önü sonu bir şehir çöplüğünde yaşamaya karar kılmış birinin ahkam kesebileceği bir mevzu değil bu. Şu sonsuz evrende hayatlarımızın derin anlamları falan yoktur bana göre. Doğarız, hayatta kalmaya çalışırız, üreriz, ölürüz. Bu kadar. Bilimsel açıdan burada bir mucize yoktur. Her şey sıradan ve olması gerektiği gibidir. İşin içine mucizeyi katmayı başaranlar Eleni gibilerdir. Hayatın o mucizevi anlamı olmasa her gün on defa intihar etmeye kalkışırız muhakkak. Çünkü sıradan hayatlarımızı kötülükleriyle boğmaya, çekilmez kılmaya yeminli bir türe evrimleşmeyi başaran canlılar da var yeryüzünde ve onlara da "insan" deniyor. Bu "insanların" bozduğu evrensel dengeyi Eleni gibi insanlar her seferinde daha iyi şekilde yeniden inşa ediyor. Hem de yeri geldiğinde ölerek sağlıyorlar bu dengeyi, ve evet, iyilerin yüzü suyu hürmetine dönüyor dünya. Eleni'ye ne kadar âşık olduğumu o öldükten sonra anladım.

Kadınlar bu kadar güzel olmak zorunda mı?

Şehir çöplüklerinde her daim duman ve yanık kokusu vardır. İçten içe yanar çöplük. Durmadan. İlk zamanlar dayanılmaz gibiydi, şimdiyse bu kokuyu almadan yaşayamam gibime geliyor. Leş gibi çürümüşlüğün iğrenç kokusunu yoğun bir şekilde taşıyan çöplüğün havasını bastıran, onu çekilir kılan da işte bu yanık kokusudur.

Burada her şey çöp olmakta eşitlenmiş gibi görünür. Ancak durum tam öyle değildir; zengin ve yoksul mahallelerden taşınan çöpler arasındaki fark burada da bariz bir sınıf çelişkisine, hatta sınıf çatışmasına yol açar. Şöyle uzaktan bakarak bile hangi çöp tepesinin zengin bir mahalleye ait olduğunu anlarsınız çünkü martılar orada birikmiştir ve en amansız kavga o çöplerin üstünde yaşanır. Karışık pizzadan orta pişmiş bifteğe, kırmızı şaraptan tekilaya kadar her şeyi bulmak mümkün. Biraz sabırlı olup "reyonları" iyice dolaşırsanız taze mevsim çileği, yarım Nutella, vibratör, Kars kaşarı, pembe tanga, zeytinli çavdar ekmeği bile bulabiliyorsunuz.

Aslında bir gece vakti, saklanmak için gelmiştim buraya. Polisten saklanıyordum. Gidecek başka yerim kalmamıştı. Arkadaşlarım ancak iki hafta saklanmama yardım –ya da tahammül– edebildiler. Her biri yanlarında iki üç gün kaldıktan sonra ya açıktan ya da imalı bir şekilde gitmemi istedi benden. Oysa tehlikeli bir suçlu değildim henüz. Sadece sorgulamak için arıyorlardı beni. Belli ki bir istihbarat almışlardı. IŞİD ile bazı devlet görevlilerinin işbirliğini ispatlayacak belgelere ulaşmak üzereydim. Ben o belgelere ulaşmadan polis bana ulaşıp ortaya çıkacak devlet skandalını önlemeye çalışıyordu. Bunu biliyordum çünkü o delilleri bana getirecek kişi de bir polisti. Fransız bir polis, Eleni'nin abisi.

* * *

Eleni'nin cenazesi ailesine ulaştığında, kendilerine teslim edilen şahsi eşyalar arasında bir de telefon varmış. Telefondaki tek özel fotoğraf da bir sığınmacı kampında çektiğimiz selfi imiş. Ve o fotoğraf kırmızı bir kalple çevriliymiş. Eleni için özel biri olduğumu düşünerek araştırıp bana ulaşmışlar. Polis olan abisi fotoğrafı bana gönderdiğinde ağladım. Eleni'nin ölümünü öğrendiğim andakinden daha çok, daha beter ağladım. Sonra sık sık görüştük abisiyle. Adı Turay idi. İki iyi arkadaş olduk. Eleni'nin anısına bir şeyler yapmak için düşünüp taşınırken Turay'ın aklına bir fikir geldi. Fransız istihbaratında çalışan yakın bir arkadaşından öğrenmişti bilgileri. Sonra da fotoğraf ve belgelere ulaşmayı başarmıştı. Fransız hükümeti bunu sadece Türkiye'ye şantaj yapmak ve diplomatik üstünlük elde etmek için kullanma niyetindeydi. Oysa bu insanlık suçunu tüm kamuoyunun bilmeye hakkı vardı. En azından biz öyle düşünüyorduk. Belgeler Türkiye'de medyada yer almalıydı, Fransa'da yayımlanması beklediğimiz etkiyi yaratmazdı. İşin bu kısmını ben halledecektim. Belgeler bana ulaşınca güvenilir bir gazeteciyle temasa geçip yayımlanmasını sağlayacaktım. Yakında Fransa'dan Türkiye'ye gelecek bir Türk, belgeleri bana elden teslim edecekti. Turay ile yazışmalarımız ve konuşmalarımızda çok dikkatliydik. Hep üstü kapalı, şifreli iletişim kuruyorduk. Ancak polisler bir şekilde durumdan haberdar olmuştu. Fransa'dan gelecek kuryeyi beklediğim günlerde polisler Batman'daki evimizi basıp beni sormuş, evi didik didik aramışlardı. Bense o günlerde Ankara'da kuryeyi bekliyordum. Polisin beni aradığını öğrenince eski arkadaşlarımdan birkaçına ulaşmış, onlara sığınmıştım. Bir zamanlar hepsi sıkı devrimciydi. Ancak durumu çıtlattığımda hepsinde şafak attı, benden bir an önce kurtulmaya çalıştılar. Kurye bana ulaştığında, saklanacak hiçbir yerim kalmamıştı. Hemen buluştuk, adam bir dosya ile flaşbelleği elime tutuşturup hızla gözden kayboldu. Nasıl biri olduğunu bile göremedim, ama böylesi daha iyiydi belki de.

Kuryeden ayrılır ayrılmaz daha önce görüştüğümüz gazeteciye ulaşmaya çalıştım. Ankesörlü telefondan aradığım gazete ofisindeki arkadaşları, gazetecinin sabah gözaltına alındığını, sonra da tutuklandığını söylediler. İyice telaşlandım. Belgeler elimde bir süre öylece kalakaldım. Kaç zamandır cep telefonu kullanmayı da bıraktığım için kimi arayacağımı, ne yapacağımı bilemedim. Gidecek güvenilir bir yerim de yoktu, param da. Belgeleri sağlam bir yere teslim ettikten sonra tutuklanmaktan çekinmiyordum. Hatta öylesi benim için daha güvenli bile olabilirdi. Belgeleri dijital ortamda saklayamazdım, zaten güvenli olsun diye bana elden ulaştırılmıştı. Bir bulut sistemine yüklesem bile bana bir şey olduğunda belgelere kimse ulaşamayacaktı.

İşte o gece bir çöp kamyonunun arkasına asılıp şehir çöplüğüne kadar geldim. Buradan daha güvenli bir saklanma yeri olamazdı. İlk gece biraz zorluk çektim ama alışmak zor olmadı. Bir şehirde yaşıyorsanız, kokuşmuş bir düzenden ve toplumdan kopmanın en iyi yolu çöplükte yaşamaktır. Burada zihnimi, ruhumu, düşüncelerimi derleyip toparlamayı başardım. Tutuklanan gazetecinin ilk duruşmada serbest kalması bekleniyor, ben de onu bekliyorum. Elimdeki belgeler, sosyal medyada veya güvenilirliği olmayan mecralarda yayımlanırsa boşa düşebilir çünkü. Ancak deneyimli, saygın bir gazeteci bu belgeleri nasıl kullanacağını, ne şekilde yayınlayacağını bilir. Ben de o gazeteciyi bekliyorum. Sonrası pek önemli değil. Önce Eleni'ye ve onun gibilere borcumu ödemeliyim. Dünya onların yüzü suyu hürmetine dönüyor. Hissedebiliyorum, borcumu ödememe az kaldı.

DAD

"**B**enim gerçek adım Sude, 17 yaşındayım," diye yazıyorum ekrandaki boşluğa. "Siyah Atlı Prens" (kullandığı nik bu) cevap yazmıyor. O arada ne düşünüyor acaba? Düşünmesine fazla fırsat vermemek için tekrar ben yazıyorum. "*Senin gerçek adın ne? Kaç yaşındasın?*" Ekrandan yazmaya başladığını görüyorum. "*Adım Ersan, 18 yaşındayım,*" diye cevaplıyor. "Ersan"... Güzel isim bulmuşsun diyorum içimden. Yazmaya devam ediyor. "*Fotoğrafını atar mısın?*" diye soruyor, sonuna da "mahcup yüz" koymayı ihmal etmiyor. Bir süre nazlanmam gerekiyor, "*Emin değilim, seni tanımıyorum ki. Başkasına atmazsın, değil mi?*" diye yazıyorum, sonuna da "tedirgin yüz" iliştiriyorum. Yeminleri peş peşe sıralamaya başlıyor. Beni düşürdüğünden emin artık, daha hızlı yazıyor. En sonunda bir şart ileri sürüyorum. "*Tamam ama ben de senin fotonu görmek istiyorum,*" diyorum. Bir süre duraksıyor, "*OK, anlaştık,*" diye yazıyor. İnternetten indirdiğim uygun fotoğraflardan birini gönderiyorum.

Şu anda inceliyordur, bir karar vermesi gerekiyor. Fotoğraf çok doğal ve ikna edici, şüphelenmesine yol açacak bir şey yok. Yine de emin olmak istiyor. "*Görüntülü konuşamaz mıyız?*" diye soruyor. Tereddütsüz "*Hayır,*" diyorum, "*babam öğrenirse beni öldürür,*" diye de ekliyorum. "*On saniyecik,*" diye ısrar ediyor, sonunda bir "yalvaran el" var. "*Çıkmam gerek, babam eve geldi galiba, birazdan yine yazarım,*" deyip yanıt beklemeden çıkıyorum.

"Siyah Atlı Prens"le üç gündür ara ara Twitter DM'den yazışıyoruz. Benim profil adım "nerdesinmecnun". Aslında bir hafta önce onu takibe aldığımda hemen takiple karşılık vermesinden bu yana birbirimizi etiketleyip oradan buradan konuşup geyik yapıyoruz. Yazdıklarımla merakını artırmaya, ilgisini çekmeye çalıştım. Nihayet başardım da. Adım adım ilerliyorum. Şüphe uyandırmadan.

"Siyah Atlı Prens"in gerçek adı G.Y. 33 yaşında. Ayakkabı numarası 42; biri spor, dört çift ayakkabısı var. Bekar. Bahçeşehir'de sekiz katlı bir apartmanın birinci katında yalnız başına oturuyor. Ev iki odalı, fazla eşya yok. Oto yıkama dükkanı var, kazancı fena değil. Herkes gibi vergi kaçırıyor. Suriyeli iki göçmeni yarı ücretle sigortasız çalıştırıyor. Orta boylu, tıknaz, açık kahverengi saçları önden dökülmüş. Semt pazarından aldığı ucuz donlardan giyiyor. Pasaportu var ama yurtdışına hiç çıkmamış. Lise mezunu. Buzdolabında sulanmış yarım kase yoğurt, folyoya sarılı bir dilim pizza, açılmamış bir şişe votka ile yarım şişe cin duruyor. Meyvelik kısımda dört tane pörsümüş limon var. Sabıkasız. Tecavüzcü. Bu, onun hayatının son gecesi. Ama henüz bundan haberi yok. Onun evinde, salondaki iğrenç kanepesinde oturmuş, onunla yazışıyorum. Tabii ki bundan haberi yok. Başka bir tacizcinin parmak izinin olduğu boş bira şişesini ve bıçağı almak için buradayım. Dün akşam içtiler, çöpten dikkatlice alıp poşete koyuyorum. Bunlar iki iyi arkadaş; umarım hep öyle kalırlar!

On beş dakika sonra tekrar yazıyorum. "*Orda mısın?*" Bekletmeden yanıt veriyor. "*Nereye gidebilirim ki, fotonu görünce yerime çakılıp kaldım.*" Cümlesinin sonuna "aptal yüz" emojisi eklemiş. O da bana bir fotoğraf gönderiyor, internetten indirdiği belli, acemiliği sırıtıyor. Elbette inanmış gibi davranıyorum. Yarım saat boyunca dil döküyor ve sonunda beni yüz yüze görüşmeye ikna ediyor. Yeri ve zamanı ben söylüyorum: Ertesi akşam 18.30'da, Bakırköy'de ıssız, küçük bir park. "*Tamam,*" diyor; nasıl sevindiğini sezinleyebiliyorum. "*Park evimize çok yakın, sadece beş dakika görüşebiliriz,*" diyorum, itiraz etmiyor.

Parkta ve parka açılan sokaklarda güvenlik kamerası yoktu, olsa da benim gibi bir "hacker" için sorun oluşturmazdı. Onu sosyal medyadan bulmak, adresini tespit etmek kolay değildi. Ama üç kişilik ekibimizde benim işim de bu, savcı rolündeyim. Araştırır bulurum, "Yargıç" hükmü verir, işi "Cellat"a havale ederiz. Bu vakada da benim görevim tamamlandı.

Yarın akşam 18.30'da neler olacağını size şimdiden söyleyeyim. Siyah deri pantolon, siyah deri mont giymiş, siyah motosiklet kaskı takmış, siyah deri eldivenli Cellat, zarif yürüyüşüyle parka girecek, G.Y.'ye arkadan yaklaşırken onun ruhu bile duymadan bıçağını çıkaracak, sağ eliyle boynunu sıkacak, sol elindeki bıçağı adamın kalbine saplayacak,aynı zarif yürüyüşüyle parktan çıkıp siyah motosikletine atlayarak gazlamadan önce cesedin yanına kartvizitimizi bırakacak. Siyah bir kartın ortasında sarı yaldızlı harflerle DAD yazan kartımızı. Tabii evinden aldığım bira şişesini ve bıçağı da, üstlerindeki parmak izleriyle birlikte, cesedin yanına koyacak. Polis soruşturması için elde somut bir kanıt, gerçek bir fail, bir de sırrı bir türlü çözülemeyen DAD ibaresi olacak. Kaos her zaman iyidir. Bu arada "DAD" Norveççede "senet" demektir.

Asmin

Genç kadın yatağında huzursuzca dönüp duruyor, gece boyunca sıcaktan ve yapış yapış terden uyku tutmayan gözlerini açmadan yatağın kuru ve serin bir köşesine sığınmaya çalışıyordu. Bu esnada telefonunun alarmı çaldı, gene göz kapaklarını aralamadan eliyle etajere uzanıp telefonu buldu... Yoo, hayır, alarm sesi masa saatinden geliyordu.

"İkisi de değil," dedi genç kadın.

"*Kime dedin bunu?!*"

"Sana diyorum şapşal!"

"*Bana mı?*"

"Evet, tabii ki sana. Hikayemi bu şekilde anlatacaksan, ooo... İşimiz var seninle. Bırak bırak, hikayemi kendim anlatırım."

"*Ama hikayeyi ben yazıyorum. İstediğim gibi anlatırım.*"

"Tamam, yine sen yaz; yazma demiyorum ki. Sadece ben ne diyorsam onu yaz."

"*Ben yazman değil, yazarım hanımefendi. Hem böyle başına buyruk karakterlerden de hiç hazzetmem. Nasıl istersem öyle yazarım. Bak, yazıyorum işte.*"

En nihayetinde kadın sesin kapı zilinden geldiğini anladığında oflaya puflaya, ağır hareketlerle yataktan kalktı.

"..."

"*Eee, neden kalkmıyorsun yataktan? Ayıp oluyor ama. Yazdım bir kere, kalkman gerekiyor.*"

"Kalkmazsam ne yaparsın, akşama kadar burada yatıp zıbarırım, hikayen de elinde kalır. Sen bilirsin."

"*Belaya çattık, iyi mi! Bari kalk kapıyı aç, gelen...*"

"Biliyorum, arkadaşım Ronya. Ekmek almaya giderken anahtarını yanına almayı unutmuştur."

"*İyi, buyur sen anlat o zaman. Ama arada bir müdahale ederim, o kadarına da hakkım olsun. Bu arada senin adın Asmin. Yirmi bir yaşındasın, üniversiteden...*"

"Atıldım. Biliyorum, biliyorum. Bana beni mi anlatacaksın? Siyasi bir davadan sekiz ay hapis yattım, o arada okulumla ilişiğimi kestiler. Hapisten çıktığımda çaresiz, umutsuz ve öfkeden kudurur halde ailemin yanına, Van'a dönmek üzereyken avukatım Derya Hanım beni ofisinde sekreter olarak işe aldı. Kendisi gönüllü avukatlığımı yapmıştı. Hali vakti yerinde, feminist bir kadın iyisidir. Ben onunla çalışıyorum, o da davalarımı takip ediyor. Kapıda beklemekten dokuz doğuran Ronya aynı zamanda okul arkadaşım. O atılmadı. Henüz diyelim. Ama kalkıp kapıyı açmazsam bütün apartmanı başımıza toplayacak birazdan. O yüzden müsaadenle."

Yataktan güçlükle kalktım, pofuduk terliklerimden biri kayıptı.

"*Yatağın altında.*"

"Bak, lütfen. Yazar falan dinlemem, fena bozarım!"

"*Tamam, tamam. Sustum.*"

... Eğilip yatağın altına baktım, yoktu. Etajerin altındaydı, uzanıp aldım.

Yarı uykulu halde, terliklerimi sürüyerek kapıyı açtım. Ronya, göğsüne dayadığı ekmeği ağlayan bir bebekmiş de susturmaya çalışıyormuş gibi sallayarak hışımla girdi içeri. Bir yandan da söyleniyor. Kesin bana kızıyordur ama o kadar uykuluyum ki ne dediğini anlamıyorum bile. Zıplayarak mutfağa doğru giderken ne söylediğini anlayabiliyorum ancak, şarkı söylüyor.

"*Korkma bağır*
Olmadı Hızır'ı çağır
Kayyumu görevden almışlar
Hızır sensin be güzelim."

Dizelerden biri şarkıya tam uymuyor, ama onu da ezgiye uydurup aradan söylüyor ve ben günlerce uyuyup da uykuya doymuş gibi saniyesinde ayılıp pofuduk terliklerim ayağımdan savrulacak kadar hızla telefonuma koşuyorum. Sosyal medya bir son dakika haberiyle yıkılıyor: "Bir zamanlar Metallica bile dinlemiş espirikçi kayyum" gece yarısı kararnamesiyle kapının önüne konulmuş. İstemsizce yaşlar süzülüyor yanaklarıma. Öyle gülüyorum yani. Ronya ile sarılıp birlikte zıplayarak bir süre döne döne Kızılderili dansı yaptıktan sonra özümüze dönüp biraz da halay çekiyoruz. Biraz olsun sevinmeyeli o kadar çok zaman oldu ki... En son milattan önce, 7 Haziran seçimlerinde halay çekmiştik.

"*Kusura bakma, yazar olarak araya giriyorum ama üniversite kampüsünde de halay çekmiştin sonradan.*"

"O sevinç halayı değildi akıllım, protesto halayıydı. Hadi, dağılabilirsin."

Güle oynaya kahvaltımızı yaptık. O okula, ben işe gitmek üzere metrobüs durağına koşturduk.

Didem

Didem her sabah olduğu gibi saat tam sekizde patronunu evden almak için siyah Mercedes'le lüks siteye girerken güvenlikçi Halim'le selamlaştı. Kadın makam şoförüne bir türlü alışamayan Halim bir eliyle asker selamı verirken diğeriyle Didem'e el salladı.

"Bak yazar efendi, biz kendi hikayemizi kendimiz anlatabiliriz. Daha önce de Asmin'den zılgıt yemene rağmen akıllanmıyorsun. Aradan çekil de doğru düzgün anlatayım hikayemi."

"*Böyle olmuyor ama, resmen eziyorsunuz beni. Yazar benim. Bu hikaye de benim hikayem. İstediğim gibi yazarım. Hikayemin karakterlerine boyun eğecek değilim.*"

"Öyle mi?"

"*Öyle.*"

"Yaz o zaman."

"*Yazarım tabii.*"

Mercedes'i C blokun önüne çeken Didem, kontağı ve klimayı açık halde bırakıp arabadan indi. Patronu Derya Hanım arabanın içinin sıcaklığı her daim 22 derece olsun isterdi.

"*Burada arabadan inip arka kapının yanında beklemen lazım, Didemciğim.*"

"İnmesem ne yapacaksın yazar bey?"

"'*İnmedi' diye yazarım, hatta iyisi mi ben bu hikayeyi yazmayı bırakayım.*"

"İşte biz de onu diyoruz, sen yazmayı bırak, biz kadınlar konuşalım. Bu bizim hikayemiz."

"*Normalde bu kadar kolay pes etmem ama Derya Hanım asansörden inmek üzere. Tamam, lütfen in ve aç şu lanet olası arabanın kapısını.*"

Arabadan inip arka kapının önünde beklemeye koyuldum. Derya Hanım dakiktir, hiç şaşmaz, apartmanın girişinde bekliyor. Lacivert tayyör giymiş bugün, krem rengi bluz, lila fular, ten rengi çoraplar, ince topuklu lacivert ayakkabı, lila el çantası. Her daim fönlü, bakımlı, sapsarı saçlar. Otuz yedi yaşında tam bir afet. Harika parfümünün kokusu ondan önce erişiyor burnuma ve sabah erkenden biçilip sulanmış çim kokusuna karışıyor. Muhteşem gülüşü sayesinde bembeyaz dişlerinin arasından "Günaydın," deyişini görüyorum. Evet, duymuyorum, resmen görüyorum tatlı sesini. Ben de "Günaydın efendim," deyip kapıyı açıyorum. Derin yırtmacından görünen uzun ve düzgün bacaklarını toplayarak sağ arka koltuğa yerleşiyor. Birinci kattaki orta yaşlı, sapık görünümlü psikopat tip her zamanki gibi pencereden bu manzarayı izliyor. Ben de her günkü standart selamımı göndermek için orta parmağımı kaldırıp seremoniyi tamamlıyorum. Direksiyona geçip müziği açıyorum. Bach çalıyor. Patron sabahları klasik müzik, öğlen özgün müzik, akşam da sanat müziği dinlemeyi seviyor.

Adliyeye doğru yola çıkıyoruz, bu sabah bir duruşması var. Yine ortalığı kasıp kavurmaya gidiyor, her anlamda.

Derya

Derya Hanım Mercedes'in sağ arka koltuğunda; çantasından çıkardığı dosyayı karıştırıp her şeyi son kez gözden geçiriyor. Bugünkü dava çok önemli. Gerçi Derya Hanım önemli olmayan hiçbir davayı almaz. O ünlü, yırtıcı, etkileyici, baş döndüren bir avukat. Adliyenin ve duruşma salonlarının hem aranan ve özlenen hem de kendisinden çekinilen kadını. Fettan, ayartıcı bakışlarıyla...

"Dur dur dur, yazar efendi! Bu nasıl bir tariftir, Allah aşkına? Bilmeyen de avukat değil manken olduğumu sanacak. O kadar da değil; ben sadece işini iyi yapmaya çalışan ve mesleğini ciddiye alan bir avukatım. Ne fazlası ne eksiği. Ayrıca Asmin ile Didem gibi ben de kendi hikayemi kendim anlatabilirim. Sen sadece geriye yaslan ve izle, elinin kiriyle kadın işine karışma!"

"*Bak böyle olmuyor ama...*"

"Lütfen sus ve izle."

"*Tamam tamam, sustum.*" (*Nasıl bir hikayenin içine düştüm ya. Yazsam olmuyor, dursam olmuyor.*)

"İç sesini de duyuyorum. Mümkünse içinden de bir şey geçirme."

"*İçimden de?*"

"Evet."

"*Resmen saçmalık, ama öyle olsun. Buyur, anlat.*"

Çok zengin bir müvekkilimin alacak davası var bugün. Henüz karar aşamasında değil ama bugünkü duruşmada her şey istediğimiz gibi giderse kazandık sayılır. İşin içinde büyük paralar var, benim vekalet ücretim de bol sıfırlı olacağından kârlı bir iş yani. Bir yerde çok para varsa orada çok pislik vardır.

Temel bir kuraldır bu, şaşmaz. Ama ben bir profesyonelim, armudun sapı üzümün çöpü demem, sadece işimi yaparım. Hem de iyi yaparım.

Avukatlık benim mesleğimin ötesinde yaşam tarzım. Yirmi dört saat avukatım aslında. Yalnız yaşamayı seviyorum, mesleğimin sağladığı avantajlar sayesinde hayatın tadını özgürce çıkarıyorum. Dostum diyebileceğim arkadaşlarım yok, çevrem geniş ama. Sevgili değiştirmeyi seviyorum; bıkınca, hatta bıkmadan değiştirdiklerim bile oluyor. Birine bağlanmaktan da, birinin bana bağlanmasından da nefret ederim. Ben hayatın tadını çıkarmaya bakarım. Söylediklerime bakarak bencil, vurdumduymaz biri olduğumu sanmayın sakın. Pek bilinmez ama el altından yoksullara, özellikle kadınlara çok yardımım olur. Birkaç kadın derneğine gönüllü hukuk danışmanlığı ve avukatlık yapıyorum. Şiddet, taciz, tecavüz, cinayet davalarında hep kadınların yanında olmaya çalışıyorum. Bu düzende yargı yoluyla etkili sonuçlar almak mümkün olmasa da yapacak başka bir şey yok, eni sonu hukuka güvenmek zorundayız.

Ofiste iyi bir ekibim var; genç avukatlar, stajyerler çok iyi iş çıkarıyorlar. Hepsi de zehir gibi, zıpkın gibi çocuklar. Toplam on dört kişiler, çok iyi yetişiyorlar. Kendini hazır hisseden ayrılıp kendi işini kuruyor. Ben de onları destekliyor, yanlarında oluyorum. Böyle işte, hayat akıp gidiyor. Yorucu, sıkıcı, üzücü şeyler olmuyor mu? Oluyor tabii ama takılıp kalmıyorum onlara. Ben ânı yakalamaya odaklı bir anlayışla hayatın keyfini çıkarmaya bakıyorum. Dünyaya bir kere geliyoruz. Yaşadıklarından tat al, boş ver gerisini.

Ekibimdeki Asmin ile Didem'in yerleri ayrı. Onlar sağ ve sol kolum benim. Asmin sekreterim, Didem şoförüm. İkisi de hayatımı kolaylaştıran güzel arkadaşlarım aynı zamanda. Daha çok gençler fakat sosyolojik yaşları büyük. İkisinin de davalarını almıştım, oradan tanışmıştık. Kadın derneklerinin yönlendirdiği davalardı. Genelde müvekkillerimle empati yapıp kendimi onlarla özdeşleştirmem, profesyonelliğe aykırıdır bu, yoksa başarılı olamazsınız, üstelik müvekkilinize zarar da verebilirsiniz. Ama Asmin ve Didem'de öyle olmadı. İkisinin de dramını yüreğimde hissettim, çok fazla empati kurdum onlarla. Ayrıca ikisi de oldukça zeki ve yetenekli, o nedenle yanımda işe aldım. Çok da iyi yapmışım. Didem aslında milli tekvandocu. Dünya çapında başarıları var. Karadenizli, cesur bir kadın. Çok da güzel. Boylu poslu, atletik yapılı. Hem şoförüm hem korumam. Belalı işlere de baktığımız oluyor sonuçta. Gün boyunca bir saniye bile yanımdan ayrılmaz, ben nereye o oraya. Asmin de ofisten tüm işlerimizi, günlük programlarımızı koordine eder. Müthiş bir organizatördür. Küçücük boyuyla devasa işlerin üstesinden kolayca gelir. Görseniz çocuk zannedersiniz ama o üniversiteli bir bitirim. Çözemeyeceği sorun, altından kalkamayacağı iş yoktur. Beş dil biliyor, ana dili Kürtçenin yanı sıra elbette. Türkçeyi, İngilizceyi, İspanyolcayı ve Fransızcayı iyi derecede konuşup yazabiliyor. Harıl harıl da Çince, Almanca ve Rusça çalışıyor. Aynı zamanda kitap ve bilgisayar kurdu. Böyle birini üniversiteden attılar, hapse tıktılar, inanabiliyor musunuz! Attığı sloganlarla terör propagandası yapmakla suçlandı. Sonuçta beraat etti ama sekiz ayını hapiste geçirip okulundan oldu. Şimdi üniversiteye açtığımız davanın sonucunu bekliyoruz. Kesin kazanacağız da, olan oldu işte. Asmin üniversiteye dönünce benimle çalışmaya devam edecek. Her şeyi planladık, sorun yok.

Didem'in hikayesi de trajik. Avrupa Şampiyonası için hazırlanırken duşta baygınlık geçirip düşünce sol elinin iki parmağı kırılıyor. İyi bir tedaviyle hemen iyileşse de takıma geri almıyorlar. O da antrenörle kavga ediyor ve takımdan atılıp lisansı elinden alınınca ortada kalıyor. Bu arada antrenör, Didem'in kendisini tokatlayıp bıçak çektiği iddiasıyla şikayetçi oluyor ve Didem'i hapse atıyorlar. Davasına ben baktım. Ortada delil olmamasına rağmen antrenörün ifadesine dayanarak bir yıl hapis cezası verip infazı ertelediler. Didem'le öyle tanıştık işte.

Asmin

Derya Hanım bir avukat ve çok titiz çalışır. Onun sekreterliğini yapmak başlarda çok zordu ama çabuk öğrendim. Bunda abla kardeş gibi yakınlaşmamızın da payı var elbette. Tam bir profesyoneldir; acemiliğe, amatörlüğe tahammülü yoktur. Memlekette hukukun işlemediğini bilir, fakat yine de hukuka inanır, aldığı davaların her aşamasında sıkı bir hukuk mücadelesi yürütür. Bazı davaların araştırma, belge ve delil toplama kısmında devreye ben girerim. Hukukçu değilim ama kafam basar bu işlere. Derya Hanım her konuda bana çok güvenir. Ben de onca yardımını gördüğüm bir insana mahcup olmamak için elimden gelenin en iyisini yapmaya çalışırım.

Bu sabah adliyede olacak; önemli bir davanın duruşması var. Çok iyi hazırlandık, işler yolunda giderse birkaç celsede davayı bitirir ve kazanırız. Derya Hanım bu işten çok para alacak. Zaten zengin sayılır, paraya ihtiyacı yok ama fazla mal göz çıkarmaz. Ben dahil ofis çalışanlarına dolgun maaş öder.

Tutuklanıp okuldan atıldığımda hayatım karardı diye düşünürken Derya Hanım o karanlığın içinden Hızır gibi çekip çıkardı beni. Şimdi kendimi çok mutlu, huzurlu ve güvende hissediyorum. Mahkemelerden nefret etmeme rağmen Derya Hanım sayesinde ben de hukuka inanmaya, güvenmeye başladım. Toplumsal düzen başka nasıl sağlanabilir ki?

Neyse, lafa dalıp işimi unuttum. Öğleden sonrası için hazırlamam gereken bir dosya var, Derya Hanım gelmeden yetiştirmeliyim.

DAD

Polis gizli sürdürdüğü bir soruşturmayla her yerde DAD'ı arıyor. Emniyetin tüm bilgisayarlarına sızdığım için neler yaptıklarını, tüm yazışmalarını görebiliyorum. Bir ay içinde üç cinayet; üçü de tıpa tıp aynı yöntemle işlenmiş. Hepsi kalbinden bıçaklanmış, hepsi tecavüzden yargılanıp beraat etmiş kişiler. Üç cesedin de yanına, üstünde parmak izi olan ve kan bulunan cinayet aleti bıçak bırakılmış, üçünün de failleri yakalanıp cinayetten tutuklanmış, kadın ve çocuk tacizinden üçü de sabıkalı. Yani tecavüzcüler tecavüzcüleri seri bir şekilde öldürmeye başlamış. Her şey çok net, deliller sabit. Ancak sırrı bir türlü çözülemeyen bir benzerlik daha var; üç cinayette de olay yerine, üstünde büyük yaldızlı harflerle DAD yazan siyah kartvizitler bırakılmış. Failler bu kartı izah edemiyorlar, zaten üçü de suçlarını ısrarla inkar ediyor. Üç olayda da ne failler ne de maktuller birbirlerini tanıyor. Aralarında hiçbir bağ yok, DAD hariç. İşte polis, basından da titizlikle sakladığı bu bilginin gerçekte ne olduğunun peşinde. Gelin görün ki tek bir adım ilerleyebilmiş değiller, soruşturma dosyalarında somut hiçbir şey yok. Polis müdürleri öfkeden deliye dönmüş durumda. Cinayet büro elemanları Google'a habire DAD yazıp duruyorlar.

Sırada B.K. var. 37 yaşında bir tarikat şeyhi. Seri tecavüzcü. Bir tek gün hapse girmemiş. Sahte hesapla sosyal medyada cirit atıyor. Küçücük çocuklara musallat olmuş lanet bir pedofil. Yetişkinlerle ilgilenmiyor. Tarikatına bağlı yurtta kalan çocuklar onun için kolay av ama onlarla yetinmiyor, sosyal medyada arayıp bulduğu çocukların da peşinde. Müritlerinden oluşan küçük bir koruma ekibiyle dolaşıyor, ancak aşağılık suçlarını işlemeye mutlaka yalnız gidiyor. Son üç aydır Emniyet'in MOBESE kameralarından onu adım adım izliyorum. Yaşamak için iki günü kaldı, sonra onu Celladın hünerli ellerine teslim edeceğim. Yargıçtan onayı bugün aldım, işin bitti pislik. Seni de diğerleri gibi sokakta keseceğiz. İstesek her yerde hallederiz ama bizim farkımız da iddiamız da bu zaten. Leşlerinizi halk da görmeli. Öncekiler medyada çok yer aldı, toplumsal desteğimiz giderek artıyor. Bütün süper kahramanlar halk tarafından çok sevilir zaten. DAD'ın neyi eksik ki. Bu arada, "DAD" İngilizcede "baba" demektir.

DAD

Tarikat şeyhi cinayeti çok ses getirdi. Müritleri cenaze töreninden sonra gösteri yaptılar. Aynı gün, şeyhin suç işlerkenki görüntülerini sosyal medyada paylaştım. Anında kesildi sesleri. Tecavüzcü pislik.

Herkes DAD'ı konuşuyor. Destekleyen de var, karşı çıkan da. Destekleyenlerin çoğu kadın, karşı çıkanlarsa erkek. Şaşırdık mı?

Polis halen çaresiz, DAD'ı çözmeye çalışıyor. Ellerinde en küçük bir ipucu bile yok. Sırada başka bir sapık var, üzerinde çalışmaya başladım. Bir iki güne her şeyi hazırlarım. Ancak Yargıç, "Biraz bekleyelim," dedi. Cinayetlerin arasına yeterince zaman koymak iyi olurmuş. Bu nedenle şimdilik bekliyorum. Bu arada "DAD" Bengalcede "beklemek" demektir.

Didem

Derya Hanımın akşam televizyon programı var. Ara sıra kadın cinayetleri ve kadına yönelik şiddet konulu televizyon programlarına çıkar. Panellere, konferanslara da gideriz. Dinleyeni, hayranı çoktur. Eleştirenler de var tabii, bu kokuşmuş yargı düzenine çok fazla bel bağladığını söyleyenler... Ama o çok inatçı. Hukuktan, kanundan asla vazgeçmez, hiç taviz vermez.

Adliyede onu beklerken baro odasında avukatlarla beraber otururum. Çoğu beni tanır. Bana saygı gösterir gibi davransalar da içten içe gıcık olurlar. Derya Hanımın şoförü olarak neredeyse avukat muamelesi görüyorum desem abartmış olmam.

İşimi severek yapıyorum. Mutluyum bile diyebilirim. Tekvandodan kopmak ilk başlarda zor geliyordu. Onu da seviyordum, ama olmadı. Böylesi daha iyi, bir çeşit adalet hizmeti veriyorum neticede.

DAD

Beş ayda beş cinayet! Kan dondurucu, değil mi? Kestikçe kesesimiz geliyor. Ortalıkta elini kolunu sallayarak korunup kollanarak gezen ne çok tecavüzcü olduğunu bilseniz şaşarsınız.

Hakiminden savcısına, polisinden siyasetçisine, valisinden kaymakamına bu işlere bulaşmayan yok gibi. Herkes ya tacizci ve tecavüzcü ya da bu aşağılık yaratıkları hoşgören, kollayan yardakçı adeta. Yanında çalışan kadın memura şantaj yapa yapa tecavüzle sonuçlanan gecenin sonunda hakimin biri savcı arkadaşıma attığı mesajda "Oldu oğlum, mercimeği fırına verdik," diye yazmış. Tüm kayıtlar elimde. Yargıç onay verirse sıraya onu alacağım. Haber bekliyorum. Bu arada "DAD" Hintçede "mercimek" demektir.

Derya

Avukatlığı seviyorum dedim demesine ama, aslında bana mesleği sevdiren şey adalet duygumun çok gelişmiş olması. Adalet arayanlara her gün, her an yardımcı olmak bana iyi geliyor. Çünkü adaleti aramanın ne demek olduğunu biliyorum. Bulamamanın da.

Annem vurdumduymaz, keyfine düşkün bir kadındı; halen hayatta. Babamı, canım babamı ben daha üç yaşımdayken bir trafik kazasında kaybetmişiz. Annem iki yıl sonra yeniden evlenmiş, hayal meyal hatırlıyorum. Üvey babadan daha ilk günden hoşlanmamış olmalıyım, huysuzluk yapıp durmuşum. Annem öyle anlatıyor. Ben anneme inanıyorum ama annem bana hiç inanmadı. Biraz daha büyüdüğümde üvey babanın tacizleri başladı. Ben bunların taciz olduğunu fark ettiğimdeyse çöküp gitmiştim artık. Ama annem bana inanmadı, inandıramadım onu. Sonra üvey baba daha da ileri gitmeye kalktı, annem yine bana inanmadı. On üç yaşımdaydım, üvey baba sarhoş haliyle beşinci kattaki balkonumuzdan düşüp geberince de bana inanmadı. Çünkü onu ben ittim dedim. Annem şimdi bir bakımevinde kalıyor, ücretini ben ödüyorum. Artık ne söylesem bana inanıyor, demans çünkü.

Didem

Derya Hanım'a canım kurban. Öylesine severim onu. Tam da yıkıldığım anda tutup elimden kaldırdı, yeniden hayata döndürdü beni.

Antrenörümü bıçakladım aslında, dört yerinden. Polis merkezinde de, savcılıkta da, hakimlikte de ifade vermedim. Tutukladılar beni. Hapisteyken koğuş arkadaşlarımın telkinleriyle kadın derneklerine mektup yazıp yardım istedim. Derya Hanım o zaman hapishaneye geldi işte, ilk o zaman tanıştık. Her şeyi olduğu gibi ilk ve son kez ona anlattım. Antrenörümüzün tacizlerini ve en son tecavüzünü.

Avukat görüş odasında gözleri doldu, iki eliyle ellerimi sımsıkı tutup, "Bugün dışarı çıkacaksın, merak etme," dedi. Ve o gün dışarı çıktım. Derya Hanımın şoförü, koruması olarak işe başladım.

Başıma gelenleri başkasına anlatmama gerek kalmadı. Derya Hanım her konuda bana yardımcı oldu, toparladım kendimi. Şimdi iyiyim, daha da iyi olacağım. Çünkü biz iyi bir ekibiz. Adalet aramayı seviyoruz.

Asmin

Benim güzel memleketim Van'da yaşamak çok keyiflidir, çok severim memleketimi. Denizi bile vardır. Aslında kocaman bir göldür ama biz Kürtçede "Behra Wanê" yani Van Denizi deriz. Çocukluğum, ilkgençliğim hep Van'da geçti. Orada okudum, ilk orada âşık oldum, orada politikleştim, ilk orada tecavüze uğradım.

Evet, tecavüze uğradım. Bunu artık korkmadan, çekinmeden söyleyebiliyorum. Üniversitedeki eylemler nedeniyle tekrar göz-altına alınınca benzer bir korkuyu ve travmayı yaşadım. Orada başıma bir şey gelmedi ama hapisteyken bile travmayı atlatamadım. Koğuş arkadaşlarım halimden endişe edip kadın derneklerine mektup yazdılar, benim için yardım istediler. Derya Hanım işte o zaman geldi, ilk o zaman tanıştık. İlk defa ona anlattım çünkü anlatabileceğimi hissettim. Anladı beni. Beraber ağladık o küçük, izbe avukat odasında.

Kısa sürede beni hapisten çıkardı. Yanında işe aldı. Şimdi daha iyiyim, çok daha iyi.

Aslında ben iyi bir "hacker"ım, giremeyeceğim bilgisayar ya da telefon yoktur. Bu özelliğim çok işimize yaradı. Didem de solak olmasına rağmen çok iyi bıçak kullanır; atletik ve güçlüdür aynı zamanda. Derya Hanım ise iyi bir yargıçtır. Adil kararlar verir; kararların infazı öncesi ve sonrası için delilleri o ayarlar, o halleder.

Biz Derya-Asmin-Didem adaleti kendi yeryüzümüze getirmeye kararlıyız. Kendimize DAD diyoruz. Bu arada "DAD" Kürtçede "adalet" demektir.

Ben'i Unutma

9mm'lik Parabellum Smith Wesson. Dolu şarjörle 790 gram. Gümüş kaplama, namlusu işlemeli, kabzası ahşap oymalı. Şarjörde on üç mermi var, biri de namluya sürülü... Toplam on dört mermi. Namlunun soğuk ucu bir şakağa dayalı. Kerem'in şakağı.

Kerem Ayazmalı. 33 yaşında. Uluslararası bir yat ve tekne firması Ocean Yacht'ın satış ve pazarlama müdürü. Şakağına dayalı namlunun altında kalan birkaç gri teli saymazsak saçları açık kahve. İşaret parmağı tetikte, başparmağının ucuyla alyansına dokunurken kahverengi gözleri kapalı, uzun kirpiklerinin arasından sızan gözyaşları sivri elmacık kemiklerine düşmek üzere. Ahşap güvertesine bağdaş kurup oturduğu tekne, dalgaların etkisiyle hafiften sallanıyor. Hava açık, gökte yıldızlar seçilebiliyor, saat gece 00.43. Alanya sahilinden sekiz mil açıkta yelkensiz sürüklenmesinin üzerinden on bir dakika geçti, şimdi on iki dakika... Namluyu şakağına dayayıp tetiği çekmek için cesaretini toplama çabasının üzerindense dokuz dakika yirmi beş saniye; şimdi yirmi altı... yirmi yedi...

* * *

Güm diye çarptığı kapının arkasından kendisine böğürtüyle karışık küfürler, hakaretler yağdırıldığını işitti önce, peşi sıra da "Def ol! Siktir ol!" laflarını. Asansörü beklemeden merdivenlerden hızla inerken az önce çarptığı kapının açıldığını, Cavit'in merdiven boşluğuna gene küfürler eşliğinde savurduğu bir nesnenin havayı yararak aşağıya doğru indiğini duydu. Yasemin giriş katına varmak üzereyken kül tablası hemen önünde, granit zemine mermi gibi çarpıp parçalandı. Kadın, un ufak olmuş kristal parçalarına spor ayakkabılarıyla basarak dış kapıya ulaştı. Telefonuna baktı, saat 00.42'yi gösteriyordu. Serin bir yaz gecesinde dışarıya adımını atar atmaz temiz hava yüzüne çarptı. Bir an kendini daha iyi hissetti. Kaldırım kenarındaki arabasının kapısını açıp direksiyona geçti. Küçük sırt çantasını yan koltuğa attı, motoru çalıştırdı. Ne yapacağına, nereye gideceğine dair en küçük bir fikri olmaksızın gaza bastı, tekerleklerden çıkan ciyaklama sesi boş sokakta yankılandı. Bir süre amaçsızca yol alırken telefon halen elindeydi, hiçbir şey düşünmeden son aradığı numaraya tekrar bastı. Hoparlörünü açıp arabanın göğsüne bıraktığı telefondaki numara çaldı, bir daha çaldı, bir daha çaldı. Gözü ekrandaki saate takıldı, 00.43'tü.

* * *

Kerem telefonu çalınca irkildi, az kalsın tetiğe basıyordu. Silahı yavaşça önüne bırakıp cebindeki telefonu çıkardı. Arayanın karısı olmasını dileyerek ekrana baktı –tuhaftı ama akşamki olaydan bu yana bir defa bile aramamıştı. Arayan, kayıtlı olmayan bir numaraydı; yine de tanıdı, üç saat önce kendisini arayıp hayatını altüst eden şeyler anlatan kadının, Yasemin'in numarasıydı bu. Bir silaha, bir telefona baktı, açıp açmamak arasında gidip geldi. Kadın bu rezil durumu değiştirecek ne söyleyebilirdi ki? Tanımadığı birininki bile olsa son kez bir insan sesi duymak için açmaya karar verdi. Sonra işini tamamlardı. Belki silah sesini kadına dinletirdi. Bir saniye kadar aklından geçen bu fikirden hemen vazgeçti. Kadının ne günahı vardı ki? Silah sesini dinletmesi gereken biri varsa o da karısı Buse'ydi; kaldı ki bunu ona bile yapamazdı. Kendini artık ölü gibi görmeye başlamışken, bu kadar yaralıyken, Yasemin'le konuşmak gevşemesine yol açabilir kaygısıyla bir an tereddüt etti. Tuhaf bir şekilde sağlıklı, serinkanlı düşünebildiğini fark edince rahatladı. Demek ki ölümü kabullenmişti, hazırdı artık ölüme. Hiçbir şey onu kararından döndüremezdi.

Beşinci çalışta açtı telefonu. İlkin sadece soluk alışverişlerini duydu arayan kişinin. "Alo," dedi, "siz misiniz Yasemin Hanım?" Birkaç saniye daha bekledi, hışırtılar duydu, kadının kapatacağını sandığı esnada ürkek bir "Evet," sesi geldi telefondan, "benim. Umarım rahatsız etmiyorumdur?" Adam yutkundu, kurumuş boğazını temizleyerek "Hayır, tabii ki hayır, buyurun, sizi dinliyorum," dedi. Az önce intihar etmek üzere olan birinin nasıl bu kadar rahat konuşabildiğine kendisi bile şaşırdı. Kadın "Konuşmamız lazım," dedi, sesi sakindi. Arkadan araba sesleri gelince onun dışarıda olduğunu anladı adam. Belli ki evde, kocasının yanında değildi artık. Nasıl olabilirdi ki? Kendisi karısının yanında kalabilmiş miydi? Buse'nin tüm ısrarlarına, yalvarmalarına, "Konuşalım, her şeyi bir de benden dinle," diyerek kendini paralamasına rağmen restoranın önünden kaçarcasına ayrılmış, soluğu marinada almıştı. Sonra da teknesine atlayıp Akdeniz'in karanlık sularına açılmıştı. "Neyi konuşacağız, kime ne faydası olacak ki, Yasemin Hanım?" derken kadını incitmemeye gayret ediyordu. Bu gece bir bu kadın, bir de kendisi yeterince incinmişti. Kadın bir müddet suskun kaldı, sonra "Aslında ben de ne konuşacağımızı bilmiyorum," dedi. "Sizi niçin aradığımı sorsanız izah bile edemem. Az önce evi terk ettim, bu saatte kimi arayıp 'kocam beni aldattı' diyebilirim ki? Belki bu konuyu en açık şekilde konuşabileceğim kişi siz olduğunuz için aradım, bilemiyorum. Ne de olsa kocam beni eşinizle aldattı. Aldatılmış iki insan olarak birbirini en iyi anlayabilecek kişiler biziz diye düşündüm belki de. Gerçekten bilemiyorum, istemiyorsanız hemen kapatayım ve bu konuşmayı unutalım. Şimdi düşününce bana da aptalca bir fikirmiş gibi geldi nedense."

Kerem boştaki eline silahı alıp tartar gibi salladı. Birkaç saniye düşündü. Aniden, "Aslında ben tam intihar etmek üzereyken aradınız," deyiverdi. Kadının şaşkınlıkla nefesini koyuverdiğini duyunca söylediğinden pişman oldu bir an. Kendini bu kadına acındırmaya mı çalışıyordu? Yoksa intihar kararından vazgeçirsin diye onun bir şeyler söylemesini mi bekliyordu? Neyse işte, ağzından çıkıvermişti; hem ne fark ederdi, nasılsa kadın da bir şekilde bu intihardan haberdar olacaktı, varsın şimdi duysundu. Bir süre karşılıklı sustular. Kadın Kerem'i bu fikrinden nasıl caydırabileceğini düşünüyordu herhalde. Sonra kadının, "Aslında fena fikir değil," dediğini duydu. Şaşırması gerekirdi ama bunun yerine onaylanmış olmanın tuhaf mutluluğunu hissetti. Kerem, böyle bir anda, biriyle bu kadar rahat ve sohbet havasında konuşabilmesine sevinsin mi üzülsün mü bilemedi. "Fena fikir değil derken? Genel olarak intihar fikri mi yoksa benim intiharım mı?" diye sordu.

Belli ki sohbet uzasın istiyordu. Bir yandan bu konuşmanın nereye varacağını görmek istiyor, diğer yandan mümkünse bir yere varmasın diye içten içe dua ediyordu. Sorar sormaz aniden dank etti kafasına; kadın kendi intiharı için fena fikir değil demek istiyordu. Yine mi bencil davranmış, kendisini tüm olayların merkezine koyup karşısındakinin duygularını görmezden gelmişti? Son tartışmalarından birinde Buse de benmerkezci davranmakla suçlamıştı onu. Neyse ki kadın bu ayrıntıya takılmadı, "Yo, hayır, sizin intiharınızdan söz etmiyorum tabii ki," dedi. "Bana kalırsa intihar etmeyin derim; intihar benim için fena fikir değil demek istemiştim." İstemsizce güldü Kerem. "Şimdi intihar fikrini aklınıza düşüren ben oluyorum galiba, giderayak suçlu hissettirmeyin beni, intihar iyi bir fikir değil aslında, ben sadece..." Gene karşılıklı sustular bir süre. Sessizliği kadının sorusu bozdu. "Evet? Sen sadece?" Kadının ilk defa "sen" diye hitap etmesi dikkatini çekti. Bir mil kadar açıktan geçen balıkçı teknesinin sesiyle ürperdi; belli ki adamlar geç saate kalmış, son sürat limana doğru ilerliyorlardı. Teknenin sesi Yasemin'e de ulaştı, kadın anlamaya çalışarak, "Deniz kenarında mısın?" diye sordu. Önceki zor sorunun arada kaynamasına sevinen adam, "Denizdeyim aslında, açıktayım," dedi. "İlginç," dedi kadın. Ardından "İntihar etmek için yani. İlginç bir yer seçmişsin. Ben olsam eşimin gözleri önünde intihar ederdim herhalde, böylesi daha adil olurdu," diye ekledi. "Haklısın," dedi Kerem, "öylesi daha adil olurdu ama sanırım benim aradığım şey adalet değil." "Nedir aradığın peki?" diye sordu Yasemin. Sesi o kadar candan, öylesine merak doluydu ki belki o da bu sorunun cevabını arıyordu. Biraz düşündü Kerem, bu kadına bir cevap borçluydu galiba, belki daha fazlasını. Kadının hayatını karartan suçlulardan biri Buse'ydi nihayetinde, kendi karısıydı. Yasemin'in çakmakla sigara yaktığını, dumanını üflediğini duydu. Kendisi hayatı boyunca hiç sigara içmemiş olmasına rağmen canı çekti, teknede sigara olmadığına hayıflandı. Buse de içmezdi, kimseye de teknede sigara içirmezlerdi. "Sağlıklı yaşa, uzun yaşa!" Üzüldü bir an; az sonra tetiği çekecek, sağlıklı bir şekilde ölürken sigaranın tadını dahi bilmeden göçüp gidecekti. Sadece sigaranın mı diye düşündü. Olsun, yapacak bir şey yok, geri dönüş yok. Kadın tekrar üfledi dumanı ve sorusunu tekrarladı: "Evet? Adalet değilse nedir aradığın?" Kerem tam cevap vermek üzereyken durakladı, önce gökyüzüne, sonra ay ışığında yakamozlanan karanlık sulara baktı. Ne aradığını biliyordu bilmesine ama bulamayacağından emindi. Zaten bu yüzden kolay olanı, intiharı seçmişti. Şimdi söylese bile kadının anlayabileceğinden emin değildi. Söyleyip telefonu kapatmayı düşünüyordu ama kadın kendisinden önce davranıp soruverdi: "Hakikati arıyorsun, değil mi?"

Vereceği cevabı Yasemin'den duymak şaşırttı Kerem'i. Birkaç saniyelik duraklamanın ardından kahkahalarla gülmeye, gülerken de konuşmaya başladı. "Tabii ya, aldatılan herkesin aynı şeyi araması çok normal. Peki sen de tüm yaşanmışlıkları sorguluyor musun? Hakikatin tam olarak nerede, ne zaman yitirildiğini, neyin sahte neyin gerçek olduğunu anlamaya çalışıyor musun? O halde bunun artık imkansız olduğunu da fark etmişsindir. Sahte bir geçmişle hakiki bir gelecek kurmak mümkün değil. Dünya ayaklarının altından kayıp gitmiş bir defa, istesen de dengede duramıyorsun. Dengesiz yaşamaktansa gitmek daha kolay, külfetsiz ve hızlı." Kadın da gülüyordu artık. "Ve bu yüzden hayatta hakikiliği sorgulanmayacak tek şeye sığınıyorsun, ölüme." "Evet," dedi Kerem, "ölüme."

İkisi de üşüdüklerini hissettiler. Sesleri ağlamaklıydı artık. Kadın burnunu çekerek, "Bak ne diyeceğim, her neredeysen ben de geleyim, birlikte intihar edelim. Böylesi daha anlamlı ve etkili bir mesaj olmaz mı? Hem daha kolay olur belki, birlikte intihar etmek yani," dedi. Kerem iki parmağıyla gözlerini kuruladı, yaşadığı şeyin ağırlığıyla içinde bulunduğu durumun hafifliğinin yarattığı dengede, uzay boşluğundaki yerçekimsiz bir ortamda sağa sola savruluyormuş gibi esnemeye başladı. Bir tür aklı başında delilik hali yaşıyordu, istediği her şeyi yapacak cesarete sahipti o anda. Birazdan ölecekti, geriye hangi soruları veya cevapları ya da hangi mesajı bıraktığının ne önemi olabilirdi ki? İki kişinin birlikte intihar etmesi neyi değiştirirdi? Kadının intihar edip etmemesi umurunda değildi; yine de usulen bir şeyler söyleme ihtiyacı duyarak, "Kusura bakmayın," dedi, "kapatmak zorundayım ama sizi intihardan vazgeçirebilmeyi isterdim. Böylesi bir durumda inandırıcılığı en zayıf kişi olarak nutuk çekmeye girişmem sanırım biraz tuhaf kaçar." Kadın gülümseyerek, "Evet," diye karşılık verdi, "deneme bile. Tamam, sana başarılar diliyorum öyleyse. Ben de kendi intiharımı planlasam iyi olacak. Belki birazdan öteki dünyada bir yerlerde karşılaşırız ha, ne dersin?" "Tamam," dedi Kerem, telefonu kapattı.

Derin bir yalnızlık, keder, öfke, çaresizlik... Bunların hepsi aynı anda kafasının içinde yarasalar gibi uçuşmaya başlayıp gürültülü bir kakafoniye dönüştü. Gece boyunca ilk defa kendisi için üzülüyordu. Yasemin denen kadın arayıp, ki o sırada kocasının yanındaydı ve anlaşıldığı kadarıyla feci bir kavgaya tutuşmuşlardı, olan biteni bağırış çağırış arasında peş peşe sıralarken ilk başta ne olduğunu anlayamamış, muhtemelen yanlışlıkla arandığını düşünmüştü. Kadın Buse'den, Cavit'ten girip onların ilişkilerinden, aldatmadan, kahpelikten, orospu çocukluğundan çıkarken meramını öylesine yoğun bir nefret ve kızgınlıkla dillendirmişti ki Kerem telefonu kulağında öylece donup kalmıştı. Daha tek kelime cevap veremeden kadın telefonu kapatmış, ardından mesajla peş peşe altı fotoğraf göndermişti. Kerem gelen mesajları açıp fotoğraflara bakıncaya kadar da tam olarak nasıl bir olayla karşı karşıya kaldığını idrak edememişti. Hiçbir tereddüde yer bırakmayacak fotoğraflarda Buse ile tanımadığı bir adamın çırılçıplak, türlü pozisyonlardaki görüntüleri vardı. Kerem gördükleri karşısında vurgun yemiş gibi sersemlemiş, adeta nefessiz kalmıştı.

Bütün bunlar olurken Buse tam karşısında, yemek masasının diğer ucunda, soran gözlerle kocasına bakıyordu. Sahildeki bir balık restoranında, kalabalık müşteri grubundan uzak bir köşede baş başa geçirecekleri hafif romantik gecenin henüz ilk anlarındayken gelmişti telefon. Kerem'in bir anda beyaza kesen yüzüne anlam veremeyen Buse, titreyen eliyle telefonu ondan almak için davranmış, kocasının sert bir şekilde elini tokatlamasıyla neye uğradığını şaşırıp ayağa kalkıvermişti. Kalkarken bir bardağı yere düşürmüş, sandalyesi de geriye devrilmişti. Garsonlar ve müşterilerin tümü aynı anda dönüp onlara bakarken restorandaki uğultu hemen dinmiş, ortalık adeta buz kesmişti. Kerem Buse'ye başıyla "çıkalım" diye işaret etmiş, sonra hızlı adımlarla kapıya yönelmişti. Buse telaşla çantasını, telefonunu, Kerem'in yemekte verdiği kırmızı gülleri toplayıp onun peşinden koştururken etraftan kendisine bakan meraklı gözleri başını öne eğerek savuşturmaya çalışmıştı. Dışarıda, arabanın önünde Kerem'in gösterdiği fotoğraflara birer birer bakarken kulaklarına kadar kızarmış, sendelemiş, yere düşmemek için son anda arabaya tutunmuş, kuruyup birbirine yapışmış dudaklarını güçlükle aralayıp, "Dur konuşalım, benden dinle lütfen Kerem, ne olursun," diyebilmişti sadece. Kerem ağzını açıp tek kelime etmeden, edemeden boş gözlerle karısına bakmış, o durumdaki birinden beklenmeyecek ölçüde tepkisizce davranarak yavaş hareketlerle arabasına binip gitmişti. Bir süre hiçbir şey düşünmeden caddelerde dolaştıktan sonra kırmızı ışıkta beklerken, aniden bağırarak ağlamaya, direksiyonu yumruklamaya, kendisini tokatlayarak dövünmeye başlamıştı. Arkadan gelen korna seslerine, sağından solundan yavaşlayarak geçen arabalardaki meraklı yüzlere aldırmamış, ama sonunda camını tıklatarak, "İyi misiniz beyefendi?" diye soran trafik polisinin tedirgin bakışlarını görünce ancak, kendisine gelebilmişti. Sonra doğruca marinaya giderek arabasını kolay fark edilemeyecek bir yere park etmiş, teknesine binip denize açılmıştı.

Şimdi silahı yeniden eline almış, Buse ile geçirdikleri üç yıla dair aklına üşüşen hatıralarla onun çıplak fotoğraflardaki hali arasında sıkışan hakikatin tam ortasına bir kurşun deliği açmaya hazırlanıyordu. Aslında biraz beklese, birkaç saat, belki birkaç gün, her şeyi daha serinkanlı değerlendirip bu yıkımdan çıkabileceğini biliyordu. Bu şekilde olmasa da karşılaştığı ilk ihanet, yediği ilk hançer değildi bu. Üniversitede, iş hayatında defalarca benzer kuyulara düşmüş, her seferinde tırnaklarıyla tutunarak tırmanıp düze çıkmayı başarmıştı. Ama bu defa aynı şeyi tekrarlamak, ne kadar güçlü durabileceğini kendine ispatlamak istemiyordu. Çok acı veriyordu her şeyden önce; beyni asit damlatılmış gibi yanıyor, kaburgaları her nefes alışında sanki ciğerine batıyordu. Bunu da atlatırsa, ki atlatabilirdi, geriye kendinden ne kalacağını kestirebiliyordu; öylesi bir insana dönüşme ihtimali, hayata karşı vakur durabilen ama içten solmuş, çürümüş, küflenmiş bir adamın bedeninde daha uzun yıllar yaşama fikri şimdiden kahredici bir bıkkınlık duygusu yaratıyordu. Tetiğe bir dokunuş mesafesindeydi sadece; bir mermi hızıyla tüm bu olasılıklardan kurtulabilir, beynine açacağı delikten sızacak acıları bu dünyada bırakıp sonsuza kadar bir mezarda huzur içinde sırtüstü yatabilirdi. Hayatın bize reva gördüğü bütün acıların üstesinden gelebilmek için çırpınıp durmaya değer miydi? Bize bunca saçmalığı bütün acımasızlığıyla dayatan hayat da neyin nesi oluyor? Kaderinin benim ellerimde, şu an parmağımın ucunda olduğunun farkında değil mi? Önüme koyduğu şeyleri sonuna kadar sorgusuz sualsiz kabul edeceğimi zannediyorsa yanılıyor. Ben ne zaman istersem hayat orada biter.

Kerem'in hızla aklından geçirdiği bu düşünceler iyice rahatlamasına, gevşemesine yol açmıştı. Namluyu yeniden şakağına dayamıştı. "Peki, neden çekmiyorum tetiği, on beş dakikadır neyin muhasebesini yapıyorum? Az sonra parçalanacak bir beynin bunları düşünüp düşünmemesi arasında nasıl bir fark olacak ki? Muhasebesini iyice yaptıktan sonra parçalanmış bir beyin daha mı huzurlu dağılır etrafa? Belki otopsiyi yapan doktorlar durumu fark edip rapora yazıverirler: 'Maktulün beyninin her türlü yaman çelişkiyi iyice çözüp bir hal yoluna koyduktan sonra dağıldığı anlaşılmakla...'" Aklından geçenlere güldü, bu kadar şaklabanlık yeter artık diye düşünerek ayağa kalktı, teknenin kenarına gidip suyun karanlığına baktı. Ölçtü biçti, kendini vurunca doğrudan denize düşebilecek konumu ayarlamaya çalıştı. Gökyüzüne doğru "Beni unutma dünya!" diye haykırdı. Namluyu şakağına dayadı, bu defa fısıldarcasına, "Beni unutma, beni unutma," diye takılmış plak gibi tekrar tekrar aynı cümle döküldü dudaklarından. Soluksuz beklediği birkaç saniyenin ardından silahı yavaşça indirdi. "Beni unutma," dedi tekrar. Bu defa kelimeler soru sorar gibi çıkmıştı ağzından. Buse'nin çıplak fotoğrafları gözünün önündeydi şimdi. Karısının kalçasındaki beni fotoğraflarda çok net seçebilmişti. Oysa Buse ile tanıştıktan sonraki ilk sevişmelerinde bu benin yerinde küçük bir dikiş izi vardı sadece. Demek ki o fotoğraflar eskiydi, Buse ile tanışmalarından önce çekilmişti. Bir anda dizlerinin üstüne çökerek ağlamaya başladı. İşte şimdi ne yapacağını bilmiyordu. Gözyaşları içinde, "Beni unutma dünya," dedi güçlükle.

* * *

Yasemin, Kerem Ayazmalı ile konuştuktan sonra arabasını yol kenarına çekip durdu. İki eli direksiyonda, bir süre boş ve sabit gözlerle karşısındaki devasa beş yıldızlı otele baktı. Cavit ile tanıştıkları, ilk defa seviştikleri, düğünlerini yaptıkları ve aynı zamanda ikisinin de çalıştıkları oteldi burası. Kendisi muhasebe müdürü, Cavit ise personel müdürüydü. Fotoğraflara bakıp kocasının başka bir kadınla çırılçıplak seviştiğini gördüğü anda o yatağın, o odanın bu otele ait olduğunu hemen anlamıştı. Zaten fotoğrafları da gene otelde çalışan arkadaşı Suzan göndermişti. Kadının ve kocasının ismini, telefon numaralarını da eklemişti. Yasemin fotoğrafları görür görmez kulağından içeri şiş sokulmuş gibi acıyla irkilmiş, bütün vücudu titrerken mutfakta yere çöküp uzun süre sessizce ağlamış, içeride televizyon izleyen kocasının duymayacağı şekilde dolapları, yer karolarını yumruklayıp durmuştu. Ne yapacağını, nasıl davranacağını bilmiyordu. İstediği şey biraz toparlanıp ayağa kalkabilmek, sonra da evi sessizce terk edip gitmek, bir daha dönmemek, böylece Cavit'in yüzünü sonsuza kadar görmemekti. Bu şekilde ne kadar süre mutfakta yığılı kaldığını hatırlamıyordu. Ancak kendine gelir gelmez odasına gidip hazırlandığını, birkaç parça eşyasını sırt çantasına tıkıştırdıktan sonra salona gelip Cavit'in karşısına dikildiğini, kızarmış ıslak gözleriyle, bir yandan da olabildiğince mağrur ve sert görünmeye çalışarak, "Ben gidiyorum," dediğini, beriki şaşkın bakışlarla karısını baştan aşağı süzüp, "Bu saatte nereye?" diye sorduğunda da "Telefonuna bak, anlarsın," diye cevap verdiğini hatırlıyordu. Cavit telefonu sessizde olduğundan, gönderdiği fotoğrafları henüz fark etmemişti. Bir an sonra, afallamış halde telefonundaki fotoğraflara bakarken rengi giderek solmuş, nefes alışverişleri hızlanmıştı kocasının Başını kaldırıp bir an bile karısının gözlerine bakmadan, "Bu ne şimdi? Kim gönderdi bunları sana?" diye sordu. Yasemin acı bir gülümsemeyle, "Aklına gelen ilk şey bu mu oldu?" dedi. Adam, gözleri kocaman açılmış, gene aynı soruyu sordu, sonra "Her kim göndermişse halt etmiş, niyetinin aşağılık bir tuzak olduğu belli değil mi, anlamıyor musun Yasemin?" diye ekledi. Yasemin'in bunları dinleyecek takati yoktu. Öylece çekip gitmek vardı aklında; sonra ilk defa aklına gelmiş gibi, aniden, sahi, kadının bir kocası var, onun da bilmeye hakkı yok mu, diye düşünüp adamın numarasını tuşladı. Aradığı kişi az sonra cevap verdiğinde Cavit iyice çılgına dönmüştü; bağırıyor, telefonu Yasemin'in elinden almaya çalışıyordu. O hengame, itiş kakış arasında adama ne söylediğini hatırlamıyordu ama kapatmadan önce ona tüm fotoğrafları göndermeyi başarmıştı. Cavit'e dönerek, "Şimdi kozlarınızı sevgilinin kocasıyla paylaşın artık," diyerek kapıyı arkasından hışımla çekmiş, evden çıkmıştı.

Daha arabaya biner binmez de aramak istediği tek kişinin o adam, kendisi gibi aldatılmış Kerem Ayazmalı olmasını yadırgamamıştı. Empati kurabilecek birini arıyorsa Kerem'den iyisini bulamazdı. Epey bir süre kendisiyle cebelleştikten sonra adamı aramış, o tuhaf konuşma esnasında Kerem'in intihar etmek üzere olduğunu öğrenmiş, ona girişiminde başarılar dileyerek telefonu kapatmıştı. Şimdi arabada öylece donup kalmışken intihara sürüklediği o adamı düşünüyordu. Yaptığı şeye inanamıyordu; nasıl bu kadar zalimce davranabilmişti? Ya adam gerçekten intihar ettiyse? Aman Tanrım, resmen masum bir insanın kanına girmekti bu. Hemen telefonuna sarılıp Kerem'i geri aradı, iki defa çaldıktan sonra adamın, "Alo, Yasemin Hanım," dediğini duyunca derin bir nefes aldı.

Kerem'in sesi mutlu denilebilecek kadar şen geliyordu. Yasemin daha ne olduğunu sormadan lafa girdi. "Biliyor musunuz, fotoğraflara bakarken bir şey fark ettim, Yasemin Hanım. Bu fotoğraflar en az dört yıl öncesine ait. Siz kaç zamandır evlisiniz bilmiyorum ama bu fotoğraflardaki anlar yaşanırken biz Buse ile henüz tanışmamıştık. Biraz özel bir şey olacak belki ama Buse ile tanıştığımızda kalçasındaki et benini aldırmıştı, şimdi onun yerinde beyaz dikiş izleri duruyor. Ancak fotoğrafların birinde et beni açıkça seçiliyor. Sanırım ben aldatılmaktan çok yanıltıldım, Buse bu ilişkisini saklamış benden. Şimdi bu ikisi arasındaki farkı düşünürken siz aradınız. Sahi siz kaç yıldır evlisiniz?" Yasemin hemen cevap vermek yerine kafasında hızlıca bir hesap yaptı. Cavit ile iki yıla yakındır evliydiler, ondan önce de beş aylık beraberlikleri vardı. Eğer fotoğraflar dört yıl öncesine aitse... ki bu mümkündü, birden kafasına dank etti: Cavit fotoğraflarda daha az kilolu görünüyordu, o halde o sırada henüz evli değildiler. Garip bir sevinç kapladı içini; evet, galiba kandırılmakla aldatılmak arasındaki ince farkın yol açtığı buruk sevinci kendisi de hissediyordu. Neşesini çok da fark ettirmeden, "Biz iki yıldır evliyiz, sanırım haklı olabilirsiniz. Anlaşılan her şeyi baştan düşünüp eşlerimizle yeniden doğru düzgün konuşmamız gerekecek. Bu arada intihar etmemenize çok sevindim, kendimi asla affetmezdim yoksa. Fotoğrafları düşüncesizce size gönderip saçmaladığım için de ayrıca özür diliyorum. Bir daha sözünü etmemek üzere bu nahoş konuyu kapatsak iyi olur bence. Umarım ilişkinizde her şey yoluna girer. Tekrar özür diliyorum, Kerem Bey." Kerem de kadınla aynı şeyleri düşündüğünü söyledi, ona şans dileyerek telefonu kapattı.

Yasemin olup biteni hızlıca tekrar düşündü. Fotoğrafları kendisine gönderen kişi oteldeki en yakın arkadaşı, temizlik şefi Suzan'dı. Elbette birazdan arayıp bu fotoğrafları nereden bulduğunu soracaktı. Suzan'ın kendisi çekmiş olamazdı herhalde, muhtemelen ona da birileri göndermişti. Belki de bu bir video kaydından alınmış ekran görüntüleriydi. Neyse, hepsini Suzan'dan öğrenecekti nasılsa. Ah, canım arkadaşım, diye düşündü. Kim bilir, bu fotoğrafları görünce ne kadar üzülmüş, kahrolmuştur. Bana gönderip göndermemekte nasıl tereddüde düşmüş, bocalamış, içi içini yemiştir. Zaten mesajında da, "Perişan haldeyim ama seni yıkma pahasına da olsa göndermemezlik edemezdim," diye yazıyordu. Fotoğraflara tekrar bakmak için telefonu eline aldığında gece boyunca Cavit'in bir defa bile aramadığını hatırlayıp öfkelendi. Af dilemek için peşinden gelmek yerine küfürler, hakaretler etmiş, bir de kül tablasını savurmuştu arkasından. Cavit'ten kesin ayrılacaktı, bunda kararlıydı, ama hiç değilse aldatılıp aldatılmadığından emin olmalıydı.

Açık saçık görüntülere tek tek dikkatle bakarken sadece bir karede kadının kalçasındaki benin kadraja girdiğini, diğer karelerde benin bulunduğu yerin görünmediğini fark etti. Tüm karelerin ışık ve ton farkı olmasına rağmen aynı odada çekildiği anlaşılıyordu. Hatta biraz daha dikkatli bakarsa kaç numaralı oda olduğunu bile çıkarabilirdi. Nihayetinde on yıldır bu otelin muhasebesiyle ilgileniyor ve odalardaki teşrifatın tamamının kaydını kendisi tutuyordu. Fotoğrafları tek tek ekranda büyüterek incelemeye başladı. İlk etapta bariz bir detaya odaklanamadı. Aklı ve bakışları çıplak kadının kollarındaki kocasına kayıp duyuyordu. Sonra birden etajerin üzerindeki dijital radyolu saati gördü. Her odadaki standart eşyadan biriydi; ve evet, iri rakamlı dijital saat göstergesinin sağ üst köşesinde daha küçük rakamlarla tarih yazılı olurdu. Nefesini tutarak fotoğrafın o kısmını iyice büyüttü. Gözlerine inanamayarak tekrar tekrar baktı, görüntüdeki tarihin değişmesini umarak fotoğrafı defalarca küçültüp büyüttü. Ancak tarih her seferinde aynı günü, içinde bulundukları yılın nisan ayının on altısını yani yaklaşık üç ay öncesini gösteriyordu. Soluk alışverişleri hızlandı, diğer fotoğraflara da aynı şekilde baktı, hepsinde tarih farklıydı ve dört yıl öncesinden bu yıla kadar çekilmiş altı kareyle karşı karşıya olduğunu anlayınca aldatıldığını ilk kez öğrenmişçesine inleyerek ağlamaya başladı. Bir yandan fotoğrafları ekranda peş peşe kaydırarak yeni bir detay arıyor, diğer yandan sigarasını hırsla yakmaya çabalıyor, bu arada gözyaşlarının sigarayı ıslatmasına engel olamıyordu. Islak gözlerle bulanık görmesine rağmen son anda o detayı da fark etti: duvardaki aplik. Bu apliki hatırlıyordu; geçen yıl özel bir koleksiyondan satın alınmış ve çoğunlukla boş tutulan konuk odasına monte edilmişti. Bu konuk odasını, otelin sahibi özel misafirlerini ağırlamak üzere genelde boş tutardı. On ikinci kattaki deniz manzaralı bu odanın numarası 1209'du. Yasemin, işi gereği odalarda periyodik demirbaş kontrolü yaparken bu odaya çok nadiren girerdi. Bunları düşünürken istemsizce eğilip arabanın ön camından otelin on ikinci katına baktı. Saat gece yarısını geçmiş olmasına rağmen dolu odalardaki ışıklar gibi on ikinci katın da tamamına yakınında oda ışıkları yanıyordu. Patronun bir misafiri olmalıydı; ne yapacağını, ne yapması gerektiğini bilmeksizin yavaşça arabadan inip otele doğru yürüdü. Özel güvenlik görevlisi şaşkın bakışlarla "Hoş geldiniz, Yasemin Hanım," diyerek geçmesi için kapıyı açtı. Kadın, uyurgezer gibi yürürken güvenlikten Şaban'ı fark etmedi bile. Doğruca resepsiyona gitti. O gece Feyza ile Nihat nöbetçiydiler. Yasemin Hanımı karşılarında görünce şaşkınlıkla selam verdiler. Yasemin onların selamlarına cevap vermeksizin, "Çocuklar, 1209'da kim kalıyor?" diye sordu. Feyza hızla önündeki bilgisayarın tuşlarına dokunup, "Boş görünüyor, efendim," dedi. Yasemin dönüp yürürken Feyza'nın "Cavit Bey de az önce geldi," demesi üzerine zınk diye durdu ama hiçbir şey söylemeden hızla muhasebeye, kendi ofisine yöneldi. Kilitli çekmecesinde duran ve oteldeki tüm elektronik kapıları açmaya yarayan kılavuz kartını aldı. Asansöre binip 12. katın düğmesine bastı. Hızla yukarı yükselen kabin 12. kata varınca zil sesiyle birlikte kapılar açıldı. Yasemin 1209 nolu odanın önüne gelince durdu, derin bir nefes aldı, saçını düzeltip gözlerindeki ıslaklığı eliyle sildi. İçeride patron veya onun özel bir konuğu da olabilirdi ama bunu öğrenmenin tek yolu vardı. Elindeki kartı elektronik kilide okuttu. Hafif bir klik sesiyle kilit açıldı. Kadın tokmağı tutarak kapıyı yavaşça itti. Odadan gelen inleme sesleriyle ürperip bir anda gerisin geri kaçmayı düşündü. Ama hemen vazgeçti bu düşücesinden; neler olduğunu öğrenmeden oradan ayrılamayacağını biliyordu. Nefesini tutup kapıyı ardına kadar araladı, içeri daldı.

Gördüğü ilk şey çıplak bir erkek vücuduydu, yataktaki anadan üryan adamın kocası olduğunu anlaması için uzunca bakmasına gerek yoktu. Kadının kim olduğunu anlaması içinse onun başını yandan çıkarıp dağınık saçları, mavi gözleri ve iri dudaklarını göstermesi gerekti. Kadın şoka uğramış yüz ifadesiyle ve sorar gibi "Yasemin?!" diyebildi. Yasemin ise kocasıyla başka bir kadını sevişirken gösteren fotoğrafları kendisine gönderen iş arkadaşı, can dostu Suzan'a kocaman açılmış gözlerle baktı, baktı, sonra dizlerinin üstüne yere düştü.

Haydar Haydar

Neredeyse yirmi saat süren yorucu bir otobüs yolculuğunun ardından İzmir'e vardığımda hemen bir taksiye atlamış, üzerinde gideceğim adresin yazılı olduğu kağıdı şoföre uzattıktan sonra epeydir görmediğim bu şehrin sabahın ilk ışıklarıyla uyanan caddelerini seyrederken yorgunluktan uyuyakalmıştım. Taksi zınk diye durup da şoför parmağıyla "Aha burası" minvalinde üç katlı köhne bir evi işaret ettiğinde, hiç inmeden aynı taksiyle otogara dönüp bulduğum ilk otobüsle tekrar Siirt'e dönmeyi ciddi ciddi düşündüm. Ne korkunç bir evdi o öyle! Taksici sanki düşündüğüm şeyi anlamışçasına, "İstersen hiç inme, seni otogara götüreyim, bulduğun ilk otobüsle Siirt'e geri dön," dedi. Normal şartlar altında ağzımın bir karış açılması ve o şaşkınlıkla şoföre, "Sen benim içimden geçenleri mi okudun?" demem gerekirdi. E, şartlar da zaten normaldi, ben de ağzım bir karış açık, şaşkınca şoföre bakıp, "Sen benim içimden geçenleri mi okudun?" diye sordum. Adam dönüp bakmadı bile, sadece "He," dedi. Demek yalnızca içimden geçenleri okuyabiliyor, dışımdan geçenleri anlamıyor diye düşündüm. Başkaca bir şey düşünmemeye çalışarak parasını uzattım, aldı, gitti. Ama ben daha inmemiştim. Tek eliyle direksiyonu tutarken para üstünü uzattı, aldım. Hareket halindeki taksinin kapısını açıp sırt çantamla beraber kendimi aşağı attım. Niye böyle oldu, anlamadım.

Üflesen yıkılacak haldeki bu perili köşk misali konağın bulunduğu sokakta resmen in cin top oynuyordu. Zili birkaç defa çaldım, içeriden ses gelmeyince gittim, top oynayan inlerle cinlere sordum. Dedim, "Kardeşler, bu evde kimse oturmuyor mu, yoksa evde mi değiller?" İnler pek iplemedi ama cinler top oynamayı bırakıp hepsi birden bana döndü. İçlerinden biri, "Abi, senin adın Serkan mı?" diye sordu. "Evet, o benim," dedim. "Tamam, Nazar Abla da seni bekliyordu zaten. Kahvaltılık bir şeyler almak için şu aşağıdaki bakkala gitti. 'Serkan gelirse beklesin, hemen geleceğim,' dedi." "İyi o halde. Peki gideli çok oldu mu?" diye sordum. "Ha yok, dört beş sene falan oldu," dediler. "A, iyi o zaman, dört beş sene olmuşsa gelmek üzeredir," dedim ben de. Bu sırada sokağın başında bir peri kızı belirdi. Siyah saçları, uzun mavi elbisesiyle o kadar güzel görünüyordu ki içimden "Allahım, lütfen bu Nazar olsun, n'olursun," diye geçirdim. Peri kızı yerden yarım metre kadar yüksekten uçarak geldi, önüme indi. Elindeki poşetleri yere bırakıp, "Sen Serkan mısın?" diye sordu. Heyecandan yutkunarak duyulur duyulmaz bir sesle "Evet," diyebildim. Başımı ellerinin arasına alıp dudaklarını dudaklarıma dayadı, diliyle ağzımı aralayıp yutarcasına öpmeye başladı, sonra hafifçe geri çekildi. Ben nefes nefese, "Sen de Nazar olmalısın," dedim. Gözlerinin içi parladı, eliyle saçlarını geriye doğru atıp gür, siyah bıyıklarını sıvazladı. Bıyık mı? Dur lan! Ne oluyor? Adamın "Benim ben, oğlum; Haydar, Haydar," dediği anda uykudan uyandım.

Taksici, "Geldik abi, burası," deyip önünde durduğumuz villayı işaret etti. Şoföre parasını uzatırken içimden hiçbir şey geçirmemeye çabaladım resmen. Ne biçim rüyaydı lan! Sırt çantamı yan koltuktan alıp indim. Çeşme'nin biraz dışında, dubleks villalardan oluşan bir sitenin içindeydim.

Bahçe kapısı kapalıydı, zile bastım, açan olmadı. Parmağımı zile tekrar uzattığımda kapı otomatından "çıng" diye bir ses geldi. Ben içeri girip evin kapısına ulaşıncaya kadar Haydar da dışarı çıkmıştı. Üstünde sadece bir şort vardı, heyecanla gelip sarıldı. Ben de onun terli vücuduna sarıldım, mecburen.

"Kusura bakma ya, Serkan'ım, seni otogardan almak isterdim ama sabaha doğru anca gelebildim eve. Gece şantiyede bir aksilik çıktı," dedi.

Birbirimizin hal hatırını sorarak içeri geçtik. Geniş salondaki deri kanepeye oturdum. Hemen bir bardak su getirdi arkadaşım. Mutfak Amerikan tarzıydı, salonla iç içeydi. Ben suyumu yudumlarken Haydar, "Rahatına bak, bir duş alıp geliyorum," dedi ve içeriye gitti.

Az sonra kalkıp arka bahçeye açılan kapıdan dışarı çıktığım anda arkamdan bir kadın, tatlı sesiyle, "Merhaba," dedi. Haydar evde bir kadının, belki de sevgilisinin falan olduğundan söz etmemişti. O nedenle biraz da utanıp sıkılarak kadına döndüm. Dönmemle gözlerim fal taşı gibi açıldı. Bu oydu. Sadece mavi elbise yerine kısa pembe şortla beyaz askılı bir tişört giymişti. Kadın diyorum ama insan ötesi bir varlıktı, adeta bir peri kızı. Peri kızı elini bana uzatırken içimden, "Allahım lütfen bu Nazar olmasın, n'olursun," diye yalvardım. Kadın, "Sen Serkan olmalısın, ben de Nazar, Haydar'ın sevgilisi," dedi.

Birkaç saniyeliğine gözlerimi kapatıp bundan sonra yaşanacaklara boyun eğmek üzere dudaklarımı öne doğru uzattım, kırıklar mı? "Sıkıldım," demişti sadece, "sıkıldım be Serkan'ım. Biraz başka ortamlara akarız, ne dersin?" "Sıkılmak mı, başka ortamlar mı, ne diyo lan bu? Bok mu var başka ortamlarda?" demiştim içimden. Devrimciliği ne sanıyor bu lavuk, öyle bıraktım deyince bırakılır mı? Sigara mı oğlum bu, bırakıyorsun? Hem ben senin gibi burjuva civcivi değilim oğlum, emekçi çocuğuyuz biz!

Neyse, hemen o akşam Haydar'la ben başka ortamlara akmaya başladık. O bar senin, bu gece kulübü benim, şuradaki disko ebenin derken ertesi gün gözümü Haydarların Urla'daki yazlığında açtım, hem de ne açma! Uyandığımda dört kişilik kocaman bir yataktaydım. Yatağın dört kişilik olduğundan eminim çünkü gözlerimi açtığımda bir kızın uyuyan yüzünü gördüm ilkin. Panikle diğer tarafa dönünce başka bir uyuyan güzelle yüz yüze geldim. Birkaç saniye, öyle tabuttaymış gibi kıpırdamadan, esas duruşta, gözlerim kapalı, nefesimi tuttum. "Bu gerçek olamaz, n'olur gözlerimi açtığımda her şey düzelmiş olsun, ben yine devrimci olayım yarabbim," dedim sessizce. Sonra yavaşça gözlerimi tekrar açtım, yok, her şey aynıydı. Daha ilk geceden devrimciliğimi yitirmiştim. Kızları uyandırmamaya çalışarak hafifçe doğruldum, oh be, neyse ki üçümüz de giyiniktik. Yoksa devrimciliğimi yitirmedim mi? Soluma döndüğümde durumun tam da öyle olmadığını dehşetle fark ettim; aramızdan biri çıplaktı. Haydar yatağın sol tarafında baygınmışçasına, anadan üryan, sere serpe uzanmış yatıyordu. Hassiktir! Bi kendime, bi kızlara baktım iyice, "Yok lan, böyle bir şey olmuş olamaz," diye düşündüm, devrimciyiz oğlum biz!

Yataktan fırlayıp Haydar'ı güçlükle uyandırdım. Çıplaklığını fark edip yastıkla örtünmeye çalıştı. Bu sırada kızlar da uyandılar; kimse pek bir şey hatırlamıyordu, nerede tanıştığımızı bile. Ama aklımızdan geçenin olmadığından emindik; inşallah yani.

Başka ortamlar ha! Başlarım senin başka ortamlarına deyip bir hışımla evden dışarı fırlayıp İzmir'e döndüm. Bir yıllık devrimcilik sonrasında yaşadığım o inanılmaz deneyim aklımı başımdan almıştı. Evet, aynen öyle olmuştu, yoksa niye sonraki üç yılı da Haydar ile beraber çılgın ortamlara aka aka geçirelim, değil mi? Gerçekten çok acayip, rezil yıllardı, güzel değildi diyemem ama.

Peri kızı mutfak bölümünde kahvaltı hazırlarken biz Haydar ile kanepede yan yana oturduk. "Nazar ile tanıştınız sanırım," dedi. Takside gördüğüm rüyadan Haydar'ın haberi varmış gibi sıkılarak "Evet, tanıştık," dedim.

"Nazar mankendir aslında, şu sıralar billboardlar onun resimleriyle dolu, gelirken görmüşsündür mutlaka," deyince bende jeton düştü.

Tabii ya, İzmir'in girişinden itibaren şehirdeki tüm reklam panolarında onun resmi vardı: Nazar Takı. Meğerse Haydarcığım sevgilisinin adıyla bir takı firması kurmuş, reklam yüzü de Nazar hanımefendiymiş. Ben de yol boyunca gördüğüm Nazar'ı rüyalarıma konuk etmişim. Onu evdeki makyajsız haliyle de tanımış, ama arada bir bağlantı kuramamıştım, aklım uçmuştu çünkü.

Onlar öyle şort tişört, ben pantolon, çorap, uzun kollu gömlekle olunca Haydar içeriden bana uygun şort, tişört getirdi, konuk odasında üzerimi değiştirdim, kahvaltıya öyle oturduk. Kahvaltıdan sonra onlar çıkıp işe gittiler, bana da gün boyu uyumak düştü. "İş konusunu akşam yemekte konuşuruz," demişti Haydar. Okulu bitireli üç yıl olmuştu ama ekonomik krizin inşaat sektörünü vurması nedeniyle doğru düzgün bir iş bulamamıştım. Siirt'te birkaç projede geçici olarak çalışıp ancak harçlığımı çıkarabiliyordum. İnsan inşaat mühendisi olunca baba parası yemek ağır geliyor. Bana değil, babama ağır geliyordu. Para istediğimde bana şerefsizmişim gibi bakıyordu. Babam sanıyor ki mühendislik diplomasında "Bu insan artık çok şereflidir," yazıyor. Haydarların işleriyse her zamanki gibi tıkırındaydı. Onlar inşaat sektörünün kaymağını yiyenlerdendi. Lüks villa, rezidans, beş yıldızlı otel gibi kalburüstü canlılara hitap eden işler yaptıkları için krizden mırizden etkilenmiyorlardı haliyle. Okul sonrası Haydar ile ilişkimiz hiç kesilmediğinden sürekli beni arayıp gel bizimle çalış diye ısrar ediyordu. Bense kendi yağımda kavrulmak, daha çok da Haydar'ın girdabından kurtulmak için yok deyip duruyordum. Diplomalı şerefsizlik canıma tak edince dayanamadım, tamam dedim. Haydar "Hemen uçakta yerini ayırtıyorum," deyince de, "Hayır, ben hallederim," yalanını salladım. Cebimdeki son paranın bir kısmıyla ancak otobüs bileti alabildim. Haydar, "Niye uçakla gelmedin oğlum?" diye sorunca da, "Otobüs yolculuğunu özlemişim," diye gene bir yerimden uydurdum. Halbuki ne özlemesi ya! Dört yıl Siirt-İzmir arası otobüsle gide gele kendimi kıdemli kaptan şoför gibi hissediyordum.

Haydarların elinde büyük bir tatil köyü inşaatı vardı, arkadaşım işin başına benim geçmemi istiyordu. Akşam yemekte detayları konuştuk, bizimki her şeyi düşünmüş, kendi oturduğu sitede benim için bir villa bile kiralamış, araba falan, her şeyi hazır etmişti. Yüklüce bir de maaş alacaktım. Bir yıllık devrimcilik stajı sonrasında girdiğimiz fırtına misali hayatı düşününce Haydar'ı olgunlaşmış, aklı başında bir iş adamı olarak görmek tuhafıma gidiyordu. Ertesi gün hemen işe koyuldum. Her şey bir yana, arkadaşımı mahcup etmemek için canla başla çalışıyordum. Haydar ile sadece hafta sonları akşamları yemek falan yiyebiliyorduk. Ben yoğundum, o da başka şantiyeleri gezip duruyordu. Yemeğe bazen Nazar ile, bazen de yalnız geliyordu. Ama her buluşmamız keyifliydi; iki eski arkadaşın yıllar sonra kurduğu iş ilişkisi dostluğumuzu daha bir pekiştirmişti. Üç aya yakındır bu şekilde çalışıyordum. Sonra bir gün, yemekteyken, Haydar "Seninle çok önemli bir şey konuşmamız lazım, Serkan," dedi; epey ciddi görünüyordu. Açık konuşmak gerekirse biraz tedirgin oldum, işimi yaparken bir yanlışım mı oldu acaba diye düşündüm. O akşam Nazar da yanımızdaydı, onun yanında konuşmak istemesini de garipsedim. "Ama burada olmaz, yemekten sonra seni özel bir yere götüreceğim, orada konuşuruz," deyince iyice meraklandım, yine de "Tamam," dedim, fazla üstelemedim. Bir yandan da, "Bunlar yine çılgın bir gece organizasyonu yapmış olmasın," diye düşünüyordum. Eğer öyleyse gitmeyecektim, sakin yaşamım altüst olsun istemiyordum. Bu nedenle dayanamayıp sordum, "Hiç değilse mevzuyu söyle be oğlum; peşinen söyleyeyim, kafama yatmayan bir çılgınlık düşünüyorsanız gelmem, ona göre," dedim. Haydar dostça, içten gülümseyerek bana doğru eğildi, kulağıma fısıldadı: "Devrime hazırlanıyoruz, Serkan'ım."

Düşündüğüm ilk şey hızla oradan çıkıp koşarak otogara gitmek ve bulduğum ilk otobüsle Siirt'e dönmek oldu. Artık param olmasına rağmen aklıma uçağın gelmemesi de ilginç ha! Fakirlik ruhuma işlemiş demek. Haydar, düşündüğüm şeyi anlamış gibi yüzüme baktı, "Nasıl, heyecanlandın değil mi?" diye sordu. Yok, anlamamıştı.

Yemekten sonra üçümüz, Haydarların İzmir'deki şantiyesine gittik. Yol boyunca hemen hemen hiç konuşmadık. Özel bir konu için şantiyeyi seçmesi bir hayli tuhaftı tabii. Şehrin dışındaki şantiye alanına vardığımızda saat gece yarısını geçmişti. Tel örgülerle çevrili şantiyenin girişindeki bariyeri kaldırıp selam veren iki bekçi Haydar'ın bu saatte gelmesine şaşırmamış gibiydiler. Kaba inşaatı tamamlanmış çok sayıda yazlık villanın önünden geçip denize en yakın örnek villanın önünde durduk. İçerisi bayağı güzel görünüyordu. Açık kapıdan içeri girdik, Haydar evin ışıklarını yaktı. Haydar ile Nazar, sade ama lüks eşyalarla dekore edilmiş salonu geçip arka tarafa doğru yürüdüler, ben de sessizce ve merakla onları takip ettim. Bana söyleyeceği önemli şeyin bu evle ilgili olduğunu tahmin ediyordum da, bu lüks villayla devrim arasında bir bağ kuramıyordum. Yoksa Haydar bu villayı bana mı hediye ediyor ve böylece hayatımda yeni bir devrim mi başlıyordu? Saçma tabii ki, böyle devrim mi olur? Olur mu? Ben, geleceğini düşündüğüm teklifi reddetmeye hazırlanırken Haydar ile Nazar arka odalardan birine girdi, onların ardından ben de girdim. Bu ne lan? Konuşmak için bu boş odayı mı seçtiniz diye düşünürken Haydar elindeki küçük kumandaya basar basmaz duvarda bir kapı sessizce geriye doğru açıldı. Dikine çizgilerle bezeli duvar kağıdı yüzünden kapıyı ilk bakışta fark etmek imkansızdı. Ben öyle şaşkın şaşkın bakarken ikisi hınzırca beni süzüyordu. Mahzeni andıran bu iç odaya tek basamakla iniliyordu; içerisi loş ve ürkütücüydü. Bu iki manyak burayı ya gizli ayinler düzenlemek için yaptırmıştı ya da… Ya da ne? "Bu ne lan, Haydar?" diye bağırdım. "Aşağıda konuşalım," dedi, Nazar'la birlikte içeri girdi; ben de tedirgin adımlarla peşlerinden indim, kapı arkamızdan kapandı. İçerisi iyice loştu artık. Gözüme çarpan manzara karşısında doğal olarak aklıma gelen ilk şey oradan koşarak çıkmak, otogara gidip bulduğum ilk otobüsle… Gözlerim değirmen taşı gibiydi ve sanırım bu defa Haydar aklımdan geçenleri anlamıştı. "Nasıl? Muhteşem, değil mi?" diye sordu. Lavuğun bu defa da anlamadığını fark ettim.

Mahzenin duvarlarına çakılı raflarda onlarca makineli tüfek, yerde de cephane olduğu belli haki renkli ahşap kutular ile büyük top mermilerine benzer boy boy mühimmat duruyordu.

Burası düpedüz cephanelikti. Multi milyarder Dersimli iş adamı Cafer Bey'in oğlu Haydar ile İzmir'in meşhur mankenlerinden "baby face" Nazar, dikildikleri cephanenin önünde az önce cuma namazını eda ettikleri camiden ellerinde ayakkabılarıyla çıkmış rahip ile rahibe kadar absürt görünüyorlardı.

"Nedir bu Haydar? Başınızı nasıl bir belaya soktunuz, oğlum?" dedim. Paniklediğim her halimden belli oluyordu, oysa onlar şaşılacak kadar rahattılar. Bir an yakalandığımızı ve suç aletleriyle birlikte emniyet müdürlüğünde bir masanın arkasında basına teşhir edildiğimizi görür gibi oldum. Ele geçen mermiler masaya dikine yerleştirilerek "İZMİR EMNİYET MÜDÜRLÜĞÜ" yazılmış. Aman Allahım, bunca mermiyle daha fazlasını bile yazarlar: "NASIL YAKALADIK AMA KERİZLER, GÖTÜNÜZDEN BİLE HABERİNİZ YOK OĞLUM, GÜNLERDİR SİZİ ADIM ADIM İZLİYO"... Mermi yetmediği için son kelimeyi tamamlayamadıklarını düşünüp manzarayı öyle tamamladım zihnimde.

Sonra fark ettim ki Haydar arkamdaki bir şeyi işaret ederek konuşuyor; haliyle arkama döndüm, bu defa şaşırma sırası bendeydi. Gerçi az önce de şaşıran bendim, zaten şaşıran hep ben olduğumdan sıranın yine bende olması beni şaşırtmadı. Bu defa gördüğüm şey, beyaz fayanslı duvarı ve tezgahıyla, fanusları ve tüpleriyle küçük çaplı bir kimya laboratuvarıydı. Tamam dedim işte, burada da muhtemelen hidrojen bombası yapılıyordur. "Neler oluyor, Haydar?" diye sordum ümitsizce, "bu silahlar, bu laboratuvar..." Silahlar dememle Haydar arkasındaki raflarda sıra sıra dizili makineli tüfeklere, o ürkütücü panoya döndü. Tuhaflığı tam da o anda fark ettim. Ancak geç kalmıştım. "Ne silahı oğlum, zıpkın bunlar," dediğinde, loş ışıkta o psikolojiyle top mermisi sandığım dalış tüplerini, mühimmat zannettiğim kutulardaki kaderime razıydım artık. Gözlerimi açtığımda peri kızı içeri doğru giderken, "Kahvaltı hazırlayacağım, yumurtayı nasıl istersin, Serkan?" diyordu. Sırt çantamı alıp koşarak İzmir'e gitmeyi, otogarda bulduğum ilk Siirt otobüsüne atlamayı düşündüm. Kadın bir an durup bana baktı, ne düşündüğümü anlamış gibi sorgulayıcı bir gülüşle, "Omlet?" diye sordu. Yok, anlamamıştı neyse ki. "Omlet iyi olur," dedim. Sesimi ben bile tanıyamadım. Haydar ıslak kara bıyıklarını sıvazlayarak salona geri döndü. Nazar'ı belinden kavrayıp uzunca öpmeden önce "Günaydın aşkım," dedi. "Aşkı" da Haydar'ın ağzından az önce çıkardığı dilini dudakları üzerinde bir tur attırdıktan sonra "Sana da aşkım," dedi. Bu dilin tadını kesinlikle bildiğimden emin bir şekilde sıkılarak geçip tekrar kanepeye oturdum. Tövbe tövbe...

Haydar ile üniversiteden arkadaşız, birlikte inşaat mühendisliği okuduk. Onun mühendis olma isteği bir tür tatmindi, benimki mecburiyet. O devasa bir inşaat firmasının sahibinin oğluydu, ben sadece babamın oğluydum, babam da pazarda seyyar satıcıydı. O sırım gibi boyu, dalgalı siyah saçları, yeşile çalan renkli gözleriyle inanılmaz yakışıklıydı, bense... Neyse işte, uzun uzadıya kıyaslamalarla kafanızı şişirmeyeyim. Ama okulun ilk yılında ikimiz de devrimciydik, hem de sıkı devrimciydik. Eylemden eyleme, protestodan protestoya koşardık. Kesin devrim yapıyorduk, az kalmıştı. Sonra acayip bir şey oldu, ilk yılın sonunda Haydar devrimciliği bıraktı. O devrimciliği bırakınca benim görkemli devrim hayallerim de suya düşüverdi. Yakın arkadaştık nihayetinde. Sanki az sonra devrim yapacaktık, ama Haydar bırakınca her şey belirsiz bir tarihe ertelenmiş gibi oldu. Benimkisi Haydar'a nasıl bir bel bağlamaksa artık. Çünkü Haydar güçlüydü, kararlıydı, çok zengin olmasına rağmen fedakardı, paylaşımcı ve cesurdu. O da vazgeçtiyse devrimi artık kim yapabilirdi ki? Bizim gibi kıçı palet ve şnorkelleri daha net seçebildim. Sıçmışken sıvamamak için işi hemen espriye vurdum. "Olsun, bunlar da silah sayılır, bu kadar malzemeyle denizde balık katliamı mı yapıyorsunuz oğlum," dedim, gevrek gevrek güldüm, onlar gülmedi. Yetmedi, bir de laboratuvara dönüp, "Burası da balık temizleme tezgahı mı?" diyerek esprinin dibine vurdum. Cephanelikle karşılaşma tehlikesi bir anda tuzla buz olunca kontrol etmekte zorlandığım bir coşkuya kapılmıştım, belki de salaklığımı örtmeye çalışıyordum. "Yoksa burada balıklara idrar tahlili yapıp böbrek rahatsızlığı olanları denize geri mi bırakıyorsunuz?" dedim. "Belki de kanlarındaki omega 3 miktarını ölçüp düşük çıkanlara vitamin hapı yutturduktan sonra yiyorsunuzdur," dedim. "Ya da palamutlara it kanı enjekte edip onları köpek balığına dönüştürerek..." Dedim de dedim. Allah bu espriler için beni affetsin. Haydar susturmasa içine girdiğim trans halinden uzun süre çıkamayabilirdim. Neyse ki arkadaşım anlayışlıydı, "Ne saçmalıyorsun oğlum, dur da dinle," diyerek koluma girdi. Laboratuvar tezgahının başına geçtik, anlatmaya başladı. Doğal olarak şaşırma sırası yine bendeydi.

Haydar'ın kendisinin de anlamını bilmediğinden emin olduğum fizik ve kimya terimleriyle açıklamaya çalıştığına göre bu gizli laboratuvarda bin yılın icadı yapılmak üzereymiş. Tezgahta cam bir kutunun içinde duran bordo kadife kumaşı kat yerlerinden dikkatlice açarak o icadı gösterdi. Ben, kafam büyüklüğünde bir mücevher görmeyi beklerken kağıt para boyutunda alüminyum bir folyo parçasıyla karşılaştım.

"Evet, gerçekten bin yılın icadı bu, bin yıl önce bu folyolardan yoktu, geceden kalan yemekleri koyun postuna sarıp kaldırıyorlardı, iyi oldu bu folyo," diye dalgamı geçtim.

"Lütfen Serkan'ım, burada çok ciddi bir şey anlatıyorum," diyerek susturdu beni Haydar.

Binlerce santigrat derece ısıya ve yüksek desibel sese karşı tam izolasyon sağlayan yalıtım malzemesiymiş. Şu ana kadar icat edilenler içinde en mükemmeli, en kusursuzuymuş. İnceliği, hafifliği, düşük maliyeti sayesinde inşaattan uzay mekiğine, denizaltılardan gemilere, trenlere, uçaklara, otomobillere, teknolojik ürünlere, kıyafetlerden mutfak gereçlerine kadar her yerde kullanılabilecek, bilimin seyrini değiştirebilecek, insanlık tarihinde muazzam bir kırılmaya yol açabilecek, devrim niteliğinde bir ürünmüş. O anlatıyordu ama ben kapıldığım coşkun ruh halimden henüz kurtulmuş değildim. "Tabii ya," dedim, "düşünsene, dondurucudan çıkardığın tavuğu bu folyoya sarıp 300 derecelik fırına attıktan on saat sonra bile o beyaz etin buzları çözülmemiş olacak. Hih, hih, hih. Sanırım bu icada en çok dondurulmuş tavuklar sevinecek."

Ortam gerçekten buz gibiydi ve kabul ediyorum ki bokunu çıkarmıştım, artık kendime gelmem gerekiyordu, ben de hemen geldim. Haydar'ın dediği doğruysa bu hakikaten inanılmaz bir şeydi. İnşaatlarda kullandığımız en iyi yalıtım malzemeleri bile hem çok kalın hem pahalı hem döşemesi zor hem de yalıtım oranı düşüktü. Duvar kağıdından bile ince bu yalıtım malzemesi bütün dünyada inanılmaz bir enerji tasarrufu sağlayabilirdi. Ve sadece inşaatta değil, gerçekten her alanda bir devrime yol açabilirdi. Hatta Güneşe yaklaşabilen uzay araçları yapılabilir, evrenin keşfinde bambaşka noktalara gidilebilirdi. Bu malzemeyi elinde bulunduran devlet tüm dünyanın yeni lideri olurdu doğal olarak. Heyecan verici, değil mi? Lakin iki minik sorun vardı. Bu malzeme o malzeme miydi? İkincisi de böylesi bir malzeme bu kıytırık laboratuvarda, dalgıç malzemeleri deposunda mı icat edilmişti? İkisine de "Hayır," dedi Haydar. Eh, neyse ki aklıselim galebe çalmaya başlamıştı. Gelgelelim, Haydar'ın dediğine göre, ürünün son hali için yüzeyine bir sprey uygulanması gerekiyormuş ve başka bir laboratuvarda bu sprey yapılmak üzereymiş. Zaten bu numune parça da diğer laboratuvarda yapılmış ve numuneyi elde etmek bizimkine iki yüz elli bin dolar ile üç aya mal olmuş.

"E tabii, pahalı bir araştırma," dedim.

"Yok," dedi Haydar.

"Nasıl yani, pahalı değil mi?"

"Araştırma pahalı elbette, milyar dolarlık yatırım oğlum," dedi, "bizim bunu oradan çalmamız iki yüz elli bin dolara mal oldu."

Koşup Siirt otobüsüne yetişme fantezisine girmedim ama Haydar ile Nazar'a mal gibi bakarak, "Çalmak mı?" diyebildim en azından. Ve inanır mısınız, "Evet," dediler. Ben olsam ben de inanırdım, ki inandım çünkü çok rahat ve yüzsüz bir şekilde söylediler bunu. Resmen teknoloji hırsızlığı yapmıştı hayvan herif. Sonra ikisi birden ellerini göğüslerinde kenetleyip bacaklarını da hafifçe açarak, "Ve eğer bu tehlikeli görevi kabul edersen, ajan Serkan, yakalandığın takdirde tek başınasın ve seni tanımıyoruz," dediler. Ben etrafımda yanmaya başlayan bir dinamit fitili aradım ki "Görevimiz Tehlike" aksiyonu tamamlanmış olsun. Yok, tabii ki öyle demediler. Ama şöyle bir şey dediler: "O spreyi çalmamıza yardım edeceksin Serkan."

"Haaa, baştan söylesenize be, bu mu yani bütün mesele? Oldu o zaman, ben hemen çıkıyorum, siz adresi mesajla atarsınız, bir iki saate spreyi laboratuvardan kapıp gelmiş olurum," diyerek çıkışa doğru yöneldim.

Haydar koluma yapıştı, "Lütfen iki dakika dinle ya Serkan'ım," dedi yalvarır gibi.

"Ne dinleyeceğim Haydar," dedim, "sizinle burada hırsızlık planı yapabileceğime nasıl inanırsın, hiçbir güç bir saniye bile beni burada tutamaz."

Nazar avucuyla yanağımı okşayıp, "N'olursun Serkan'ım, benim hatırım için," diyene kadar da gitmekte gerçekten çok kararlıydım. Sonuçta diplomalı şerefsiziz arkadaş, yapacak bi şey yok.

Ben kalmaya karar verince Haydar anlatmaya başladı. Diğer laboratuvar bir yıl önce gizlice kurulmuş. Tamamı işinin uzmanı dört bilim insanı bu süre zarfında laboratuvardan dışarı adım bile atmadan çalışmışlar. Laboratuvarın dışarıyla tek iletişimi günde bir defa o binaya giderek ihtiyaçları karşılayan bekçiymiş. Ancak bekçi de laboratuvara giremiyormuş, getirdiği malzemeleri bir ara bölmeye bırakıp çıkmak zorundaymış; bekçi o ara bölmeden çıkmadan da laboratuvardakiler oraya girip öteberiyi alamıyorlarmış. İçeriyle dışarı arasındaki konuşmalar bile basit bir diafonla yapılıyormuş, ne telefon ne internet ne de başka bir şey varmış. Her yer yirmi dört saat kamerayla izleniyormuş, giren bütün eşya ve de bekçi her seferinde sıkı bir kontrolden geçiyormuş, içeriden toplu iğne bile çıkarmak yasakmış. Tüm güvenlik ekibi ve bekçi ayda bir değişiyormuş, kimse orada ne iş yapıldığını bilmiyormuş. Ve şimdi en can alıcı noktaya geliyormuşuz: Laboratuvarın kilit ismi Siirtli biriymiş.

"Oha! Bilim ekibinin şefi Siirtli mi?" dedim biraz şaşkınlık, biraz da gururla.

"İnşallah bir gün o da olacak Serkan'ım," dedi Haydar. "Ama henüz değil."

"Ya kim o zaman?" diye sordum merakla.

"Bu ayki bekçi."

"Bekçi mi?"

"Oğlum, kilit isim başka kim olabilir ki?" dedi Haydar.

E, haklı tabii çünkü bekçinin kendisi kilitmiş, kapıyı parmak izi ve retina taramasıyla bir tek bekçi açıp kapatabiliyormuş.

"Kim bu Siirtli hemşerim, ben tanıyor muyum en azından?" diye sordum.

"Hem de çok yakından, zaten onun için buradasın Serkan'ım."

"E, kim peki?"

"Sen."

Yemişim Siirt otobüsünü ulan! Gitmeyeceğim işte.

Kendimi tutamadım, "Dalga mı geçiyorsun oğlum?" diye parladım.

"Yok, tabii ki ciddiyim Serkan'ım, seni orada bu ayın bekçisi olarak işe koyacağız."

"Öyle mi? Ne güzel düşünmüşsünüz! Her şey bir yana Haydar'ım, şirketin sahibi beni orada işe alacak kadar salak mı?"

"Yok, salak değil, babamdır kendisi."

Vallahi aynen böyle dedi.

Kendimi tutamadım, "Oğlum, sen babanın laboratuvarından mı çaldın bu numuneyi?" diye bas bas bağırdım.

"Yok, laboratuvardan değil ya; eve saklamıştı bu numuneyi, iki yüz elli bin dolar verdim, annem yerini söyledi ama ikna etmem üç ay sürdü, yeminle."

He, aynen böyle dedi.

* * *

Anlayacağınız, ben yüzyılın en büyük teknoloji hırsızlığını yapmak üzere canım arkadaşım Haydar tarafından planlı bir komplo çerçevesinde İzmir'e davet edilmiştim. O gece dönüşte hiçbirimiz tek kelime konuşmadık, beni eve bıraktıklarında soğuk bir "iyi geceler"i bile birbirimizden esirgedik. Çünkü o izbe laboratuvarda çok fena tartışmıştık; Haydar ile boğaz boğaza gelip yumruklaşmamıza ramak kalmıştı. Haydar bu saçmasapan hikayedeki hırsızlığı meşrulaştırmak için, "Bu ürünün formülünü tüm dünyaya bedavadan duyuracağız ve herkesin eşit şekilde, ucuza bu devrimden yararlanmasını sağlayacağız, bir tür devrim yani," teranesi tuttursa da kırılmıştım bir kere. Beni en çok sarsan şey, Haydar'ın beni dayanışma için İzmir'e davet ettiğini sanmamdı. Oysa o benden yararlanmayı planlamıştı. Birkaç aydır yeniden tazelenen o güzel arkadaşlık, dostluk atmosferinden geriye kötü bir tat kalmıştı.

Ertesi sabah eşyalarımı sırt çantama tıkıştırıp inadına otogara gittim ve Siirt otobüsüne binip eve döndüm. İki gün sonra internette rastladığım bir haberde İzmir'de sanayi bölgesindeki küçük bir atölyede patlama meydana geldiğini okudum. Haydar'ın babasının resmini görmesem okumadan geçerdim ama hemen anladım, orası laboratuvar olarak kullanılan atölye olmalıydı. Olayda ölen veya yaralanan yoktu, ancak atölye resmen berhava olmuştu. Haydar'ı arayıp aramamakta tereddüt ettim, sonra dayanamadım. Telefonu açar açmaz, "Serkan'ım neredesin oğlum, gel gel, o iş yattı, pederin elinde patladı olay. Birileri laboratuvarı havaya uçurmuş. Benle alakası yok ha! Belki de vardır, neyse işte, bitti o iş. Kafamda yeni bir fikir var oğlum, hiç bitmeyen telefon bataryası yapmaya çalışan bir adam var, ama Londra'da. Atla gel, oraya gidiyoruz Serkan'ım. Serkan'ım, dinliyor musun beni?" Bir süre cevap vermedim, öylece mal gibi durdum sadece. Sonra da "Haydar," dedim. "He oğlum, söyle," dedi. Dedim ki, "Siirt'ten Londra'ya otobüs yok ki." Bir süre o da mal mal düşündü, sonra telefonu kapattım.

Kader

Her gün yeniden yeniden uyanmak yoruyor beni artık. Uyku dışında geçen her an ağır bir yüke dönüştü. Daha yatakta, gözümü açar açmaz başlıyor eziyet. Vakit öğlene gelmiş olmasına rağmen gözlerimi kapayıp tekrar uyuyabilmek için şansımı deniyorum, başaramıyorum. Kaç hafta oldu bu şekilde ya da kaç ay, gerçekten bilmiyorum. Zoraki çıkıyorum yataktan. Temizlikçi kadının gitmeden önce hazırladığı kahvaltının şöyle bir tadına bakıyorum. Önce bir çay, ardından iki kahve. Defterimi, kalemimi alıp verandadaki ahşap masama oturuyorum. Sandalye ve masa yağmur yemiş gibi ıslak. Yüzlerce minik damlacık geceden kalan tek hatıra sanki. Belli ki gece deniz çok dalgalıydı, tuzlu su zerrecikleri buraya kadar taşınmış. Verandanın kumsala inen üç tahta basamağında ve zeminde kum birikintileri var. Oysa gece ne rüzgarı ne de dalgaların sesini fark ettim. Ölü gibi uyumuş olmalıyım. Evet, ölü gibi. Hiçbir şey bundan daha iyi tarif edemez beni.

Kolumla damlacıkları silip siyah deri kaplı defterimi ıslak masaya bırakıyorum. Kol saatimi bileğimden çıkarıp masanın köşesine kadranını görebileceğim şekilde yerleştiriyorum. Saat 11.52, başlamama sekiz dakika var. Saat tam 13.00'te de bitirmek zorundayım. Her gün bir hikaye. O bir saat içinde ne yazabilmişsem Ceren ertesi gün o kadarını yaşayacak. Her gün bir saat Ceren'in kaderini yazıyorum. Tanrı ile anlaşmamız böyle.

Deniz sakin, karşımda duruyor öylece. Ne bir kıpırtı ne bir ses. Geceleyin çok yorulmuş da dinleniyor gibi. Hava birazdan dayanılmayacak kadar ısınacak, ben de bugünkü hikayemi bitirmiş, bu küçük ahşap kulübede boğuluyormuş hissiyle ekrandan Ceren'i izliyor olacağım. Tam olarak nerede olduğumu bilmiyorum; Karayipler'de veya Hint Okyanusu'nda bir adada ya da Akdeniz'de ıssız bir sahilde olabilirim. Belki de bulunduğum yer dünya değildir; burası evrenin başka bir ucundaki ıssız bir gezegen bile olabilir. Kulübeyi terk etmek yasak, anlaşmamız böyle. Uçsuz bucaksız kumsalı ve hemen arkada tepeleri örten çam ormanını ve elbette denizi saymazsak uzun süredir burada yapayalnızım. Buraya geleli, daha doğrusu burada uyanalı ay mı, yıl mı, hafta mı oldu emin değilim artık. Burada zaman kavramı yok, zamanın kendisi de yok. Sadece süreleri ölçmeme yarayan kol saatim var. Gece olunca uyuyorum, uyanınca önceden hazırlanmış kahvaltımı yapıp hikayemi yazıyorum. Kahvaltıyı kimin hazırladığını bilmiyorum ama bir temizlikçi kadının bana görünmeden gelip tüm işlerimi hallettiğini düşünmeyi tercih ediyorum. Ben ekran başında akşama kadar Ceren'i izlerken bu defa mutfaktaki masaya yemeğim konulmuş oluyor. Yedikten sonra onu izlemeye devam ediyorum; benim hikayem yani Ceren'in günü bitince uyuyorum. Ve hikayelerimin içeriği hariç her gün bu rutin milim değişmiyor. Ben de değişmiyorum. Yaşlanmıyorum mesela.

Sakalım uzamıyor. Tırnaklarım, saçlarım hep aynı, tıpkı öldüğüm günkü gibi. Zamanı olmayan bir mekanda gönüllü bir tutsak olarak Tanrıya vekaleten kader yazıyorum: Ceren'in kaderini.

Yaşarkenki hayatımı rüyalarımda tüm detaylarıyla ve en gerçekçi haliyle görebildiğim için uyumayı çok seviyorum. Günlerce uyusam o esnada Ceren'e ne olacağına dair hiçbir fikrim yok. Ama bir şekilde uyanıyorum işte ve uyanmışsam o hikayeyi yazmak zorundayım, yoksa Ceren'e ne olacağını biliyorum. Tanrı onu yanına alacak ve ben sonsuza kadar bu kulübede kalacağım. Anlaşmamız böyle. İlk anda bana cazip gelen ve beni çok heyecanlandıran bu anlaşmanın beni bir kayayı yuvarlaya yuvarlaya tepeye çıkarmak zorunda olan ama her seferinde kayanın elinden kurtulmasıyla tekrar başa dönen yeraltı ülkesinin cezalı kahramanı ve hilebazların piri Sisyphos'a dönüştüreceğini bilemezdim.

Kulübede oyalanacak fazlaca bir şey yok. Ama Tanrı benim için bir sürpriz yapıp penceresiz bir odada dört duvarı da tavana kadar kitap dolu bir kütüphane bırakmış buraya. Sevdiğim bütün kitaplar, ansiklopediler, sözlükler... Biz yazarlar için muhteşem bir kütüphane. Bir de incelik göstermiş Tanrım, benim ve Ceren'in yayımlanmış tek kitaplarımızdan birer tane koymuş kütüphaneye. Edebiyattan anlayan bir Tanrımın olması gerçekten harika.

Sağken Tanrıya inanmazdım, gerçi halen de tam olarak inanıyorum sayılmaz. Çünkü hiç karşılaşmadık. Bir ses duydum sadece. Benimle anlaşma yapmak istedi, "Tanrı mısın?" diye sordum, "O benim," dedi. Kuralları peş peşe sıraladı ve bu kulübede uyandım. Hepsi bu.

Çocukken annem Allahı anlatırken onu hep kırlaşmış uzun sakallarıyla yaşlı bir adam olarak hayal ederdim. İki eliyle asasına abanıp bilgece gülümserdi. Belki de bu imge, izlediğim çizgi filmlerden ya da okuduğum çizgi romanlardan aklımda yer etmişti. Ama annemin anlattığı Allah iyiliği temsil ediyordu, güzeldi annemin Allahı. Ta ki bana yaşatılanlara bakıp herkesin Allahıyla anneminkinin aynı olmadığını öğrenene kadar. Ve elbette yeryüzünde insanların Allah adına yaptıkları kötülükler de buna eklenince inanmamak hafifletici geldi ruhuma.

Ceren ile karşılaşıncaya dek aşka da inanmazdım, o inandırdı beni. Halen de inanıyorum. Şimdi iki dünya arasında arafta kaldığım bu yerden herkese ilan etmek istiyorum: Tanrı ile bir anlaşma yapmama rağmen varlığından emin değilim, ama aşkla yaşadığım anlaşmazlığa rağmen onun varlığından eminim. Aşk vardır.

Arafta geçirdiğim günlerde bedenimdeki tek değişiklik sol elimin üstündeki kızarıklığın kaşınmasıydı. O kadar tatlı kaşınıyordu ki hiç geçmesin istedim. Sonra hatırladım, ben yaşarken bu kızarıklık ve kaşıntı vardı zaten. Ceren menemen getirip masaya bırakırken sıcak tavayı yanlışlıkla elime değdirmişti, gerçi sonradan yanlışlıkla olmadığını itiraf etti. Bu kızarıklık o günden kalma. Ceren'in bedenimde bıraktığı ilk yanık iziydi, ama sonrasında da çok yandım, çok.

Özlüyorum, gün geçtikçe daha fazla özlüyorum. Ekrandan dokunuyorum bazen dudaklarına, gözlerine, saçlarına. Ona dokunabildiğim zamanlar bir mucizeymiş, gerçekleşmiş, bitmiş ve bir daha asla tekrarlanmayacak bir mucizeymiş gibi artık. Keşke dokunmayı da biriktirebilseydik, ama öyle olmuyor. Özlemek ise birikiyor, çok birikiyor, hiç durmadan birikiyor hem de. Sanki Tanrı sevdiklerimin hepsine duyduğum özlemi içimden çekip aldı da bir tek Ceren'in hasreti kaldı geride, bütün özlemleri Ceren'in hasretinde tekleştirdi sanki. Öyle bir özlemek.

Biraz depresifleştim bugünlerde, öncesinde de melankolinin dibini bulmuştum. Bu ruh halim yazdığım hikayelere de yansıyor. Ya da yazdığım hikayeler sonradan ruh halimi belirliyor. Kestirmek güç, ikisi de olabilir. Yakın zamanda, hangi gün olduğunu hatırlamıyorum, çok sert bir hikaye yazdım. Ertesi gün ekran başında izlerken önce üzüntüden, sonra öfkeden çılgına döndüm. Ceren'e bunları yaşatabildiğime inanamadım. Belli ki o da acı çeksin istemiştim, sanki yeterince çekmemiş gibi. Çektiğine inanıyorum, çekmiştir yani, ben öldüğümde. Ama o günlerde gerçekte ne yaşandığını ekrandan göremiyorum, gördüğüm her şey bir gün öncesinde benim yazdıklarımdan ibaret.

Ceren'in babasını öldürdüm, yazdığım hikayede tabii. Feci bir son yazdım ona, lokantanın mutfağında çalışırken tüpgazı patlattım, diri diri yanarak öldü adamcağız. Ama Ceren'e izletmedim, o kadarına içim elvermedi. Çok üzüldü sevdiğim kadın, çok. Kendini yerden yere atıp dövüne dövüne, sesi kısılıncaya kadar bağırarak ağladı. Onu öylece izledim, ben öldüğümde de böyle mi ağlamıştı acaba diye düşünüp merakla, hevesle izledim. Sonra kaybettim kendimi, yaptığıma inanamadım. Ertesi günü babasıyla birlikte mutlu geçireceği bir hikaye yazdım, her hikaye bir günlük çünkü. Yazdığım hikayelerde Ceren dahil hiç kimse bir önceki günü, daha öncesini hatırlamıyor. Sadece benim yazdığım kaderi yaşıyorlar. Bütün hatıraları benim öldüğüm ânın öncesine ait, sonrası yok. Sonrasını ben yazıyorum. Gerçek hayatta da bunları yaşıyorlar mı yoksa paralel evrende yeni yeni hayatlar mı yaratıyorum, bilmiyorum. Belki de hepsi bir simülasyondan ibaret. Tanrı beni avutmak için her gün yazdıklarımı ertesi gün bir şekilde filme dönüştürüp bana izletiyordur. Bunun ayırdına varmam mümkün değil. Bildiğim tek şey şu: Ben ne yazıyorsam, sonrasında hepsi gerçek oluyor. Anlaşmanın şartlarından biri de hikayelerin hiçbiri tekrarlanmayacak yani her gün ayrı bir hikaye yazmak zorundayım. Neler yazmadım ki bugüne kadar. Bazen tıkandığımı, tükendiğimi, tekrara düşeceğimi hissederek panikliyorum. Bu durumda anlaşma biter, Ceren ölür ve ben sonsuza kadar bu kulübede tıkılı kalırım. Ama hep yeni bir şeyler buluyorum. Hayatı çeşitlendirmek, renklendirmek için o kadar çok seçenek var ki, inanamazsınız. Başlarda, Tanrının insanlara kader yazmasının ne denli zor olduğunu düşünürdüm, sonra sonra anladım ki sonsuz sayıda alternatif var ve Tanrı olmak bu yönüyle hiç de zor değil. Sadece birkaç milyar insanın kaderini aynı anda yazmanız gerekiyor! Ben yalnızca bir kişininkini yazıyorum, bu nedenle Tanrı değilim. Tanrı bu yüzden Tanrı.

Ceren için neler neler yazmadım ki! Babasının öldüğü hikaye hariç hepsinde de mutlu başlayıp mutlu biten günler yaşattım ona. Her sabah dünyanın farklı bir yerinde uyandırıp farklı bir kimlikle, farklı bir hayat yaşattım. Bir sabah Bali Adasında okyanus kenarında bir otel odasında uyandırıp nefis bir tatil yaptırdım ona. Sonra Kızıldeniz'de tüpsüz dalış. Peru'da İnkaların izini de sürdü, Hindistan'da İndus Vadisini de gezdi. Piramitleri de gördü, Atina'da Partenon'u da. Mekke'ye hacca götürdüm onu, Vatikan'a Papa'nın huzuruna çıkardım, Kudüs'te Ağlama Duvarına yüzünü sürdü, Nepal'de Budist keşişlerle geçirdi bir gününü. Bir gün Hong Kong'da turist rehberiydi, bir başka gün Greenpeace'in gemisiyle çevre eylemindeydi. Haftada bir gün mutlaka yaşadığı kasabaya, ailesinin yanına götürdüm; gerçi hiçbir şeyin farkında değildi, herhangi bir şeyi ya da kimseyi özlediği falan yoktu, ama yine de onu kendine ait dünyada izlemek benim için çok daha güzeldi. Birlikte gezdiğimiz yerlere götürdüm, beraber yaptığımız şeyleri yaptırdım. İlk zamanlar zorlansam da sevgililer yazdım ona, boy boy, renk renk, cins cins. Bazı kısımları yazabilsem de izlemeye gönlüm elvermedi, o anlarda ekranın başından kalktım. Ceren'in nasıl mutlu olacağını en iyi ben biliyordum, her şeyi gönlünce yaşasın istedim. Attığı bir tivitle Cumhurbaşkanına saydırdım, bu yüzden bir gününü hapiste geçirdi; mutluydu ama. Floransa'da lüks bir restoranda aşçıbaşı oldu, Alaska'da köpeklerin çektiği bir kızağa bindi, kocasından dayak yiyen bir kadının avukatlığını yapıp onu kocasından boşadı, cerrah oldu kalp nakli yaptı. Türkiye'de bir günlüğüne cumhurbaşkanı yaptım onu, ülke o gün bayram etti. Yoga hocası, haber spikeri, beysbol hakemi, rock sanatçısı oldu; balıkçı teknesinde kaptanlık yaptı. Las Vegas'ta kumar oynadı, Süleymaniye Camiinde namaz kıldı, lüks bir yatta uyandı bir sabah, Akdeniz'in mavisinde yüzdü, Çukurova'da pamuk topladı, Vietnam'da pirinç. Putin ile resepsiyonda votka içti, Trump'a çürük domates fırlattı. İsveç'te çocuk mahkemesine yargıç oldu, Afrika'da kadınlarla toprak çömlek yapıp İran'da halı dokudu. Dünyada Tanrının bile unuttuğu bir yer olsun diye Kazakistan'ın Öskemen şehrine de yolladım Ceren'i. Her gün yeni bir macera, yeni bir hikaye yazdım ona. Aşkları da oldu, ayrılıkları da. İçip içip sarhoş da oldu, imza günü düzenleyen ünlü bir yazar da şair de. Hüzün damlayan şiirler yazdırdım ona, biri şöyle olan, belki de sadece yazanın anlayacağı:

"Kelebekler de uçuşmuştu Allah var
Yanık yürek kokuyor artık
Hangi hikayede kaybolduysan
'Kalemimin ucunu değdirmeden
Islandığın yağmurların karasına'
Bulana dek yazarım ama

Hançerin ayraç olacak
Affedilmiş ve unutulmuş
Sayfaların arasına..."

Yazdım da yazdım. Yaptıklarının günahı kime, sevabı kime, bilmiyorum. Anlaşmada bu kısım yok. Mantıklı düşününce bunlar kayıtdışı olmalı, umarım öyledir!

Dediğim gibi, ne zamandan beri Ceren'e birer günlük kader yazdığımı bilmiyorum, uzun zaman olmalı. Sonsuza kadar bu şekilde devam edebilirdim. Ama bir gün bir şey oldu, hem de çok acayip bir şey. Ceren ekrana bakıp bana göz kırptı. Saniyenin onda biri kadar. İlk anda emin olamadım, geri alıp tekrar tekrar izledim. Tanrı şüphelenmesin diye fazla da üstünde durmadım. Ama gece boyunca yatakta kıvranıp durdum. Yanıldığımdan şüphem yoktu ama o ihtimal yine de çok güzeldi. Düşünsenize, Ceren tüm olup bitenin farkında ve çaktırmadan bana göz kırpıp mesaj veriyor. Hayali bile güzel.

Ertesi gün, Ceren yazdığım hikayedeki kaderini yaşarken ekrana bakıp aynı şekilde yine göz kırptı. Soluğum kesildi. Biliyordu. Bir an kalbim duracak sandım. Saçmalama Ulaş, dedim kendi kendime, bir insan kaç defa ölebilir ki. Nefes egzersizleriyle heyecanımı yatıştırmaya çalışıp –bunu Ceren öğretmişti bana– görüntüyü birkaç defa daha izledim. Tanrının dikkatini çekmemek için başka görüntüleri de rastgele seçip tekrar tekrar izledim. Artık emindim, neredeyse yani. Dünkü kaydı tekrar izleme şansım da yok, her kayıt bir günlüğüne kalıyor bilgisayarda, sonra kendiliğinden siliniyor. Belki başka günlerde de Ceren bana göz kırpmıştı veya bir şekilde mesaj vermeye çalışmıştı. Nasıl olmuş da dikkat etmemiştim, Allah kahretsin. Görüntü arşivim yok, hatırlamak için hafızamı yokladım, yok. Kayıtlarda olması zaten imkansız çünkü şimdiye kadar bu tür şeylere hiç dikkat etmemiştim. Hasret dolu bakışlarla, kendi yazdığım hikayede oynayan aşkımı izledim sadece. Detaylara hiç yoğunlaşamadım. Ama dün ve bugüne ait ilginç bir detay var: ikisinde de Ceren bana aynadan göz kırptı. Bunun bir anlamı olmalı. Tanrıyı atlatmanın bir yolu mu acaba? Ceren'i dün Havana'da eski model bir taksinin şoförü yapmıştım; dikiz aynasından bana göz kırptı. Bugünse Monte-video'da Neruda'nın sık sık uğradığı barda müşterilere içki hazırlarken tezgahın arkasındaki aynaya dönüp göz kırptı. Bu tesadüf olamaz. Geçmişteki aynalı sahneleri hatırlamaya çalıştım. Bir sürü yerde ayna vardı ama hiçbirine dikkat etmemiştim. Kim bilir kaç defa aynalardan göz kırpmıştı bana. Bunu anlamanın tek yolu var, her gün içinde ayna olan bir hikaye yazmak. Ben de öyle yaptım.

* * *

Ceren ile tanışmamız da birbirimize âşık olmamız da hem çok sıradan hem olağanüstüydü. Dört yıl ekonomi eğitimi almış, üniversiteyi yeni bitirmiştim. Zerre kadar ilgi duymadığım bir alanda ne diye lisans eğitimi yaptığımı sorsanız izah edemem. Benim nefes aldığım yer edebiyattı. Lise yıllarımdan itibaren bir şeyler karalayıp durdum, bol bol da okudum. Belli bir düzene, sistematiğe bağlı kalmaksızın elime ne geçtiyse okudum. Artvin'de yaşayan ailemden üniversite bahanesiyle ayrılıp İstanbul'a geldim. Şavşat'ı bilir misiniz? İlçesidir Artvin'in. Gürcistan sınırına yakın, kendi halinde bir dağ kasabası. Küçük bir yerde yaşayanların hayalleri de küçük olur zannedilir. Benimki öyle değildi. Daha o zaman büyük bir yazar olmayı kafama koymuştum. Aslında biraz çekingen bir tiptim, belki de ezik ya da silik. Evet, silik daha uygun bir sıfat bence. Altı kardeş, anne, baba, kuzenler, dayılar, halalar, amcalar ve diğerleri yani köylerdekilerle birlikte on yedi bin Şavşatlı, hepimiz siliktik. Sanki Tanrı yumuşak bir silgiyle birkaç defa Şavşat'ın üstünden geçmiş, kasabayı yeryüzünden silmeye çalışırken son anda cayıp öylece bırakmış, bir daha da dönüp bakmaya gerek duymamış gibi sakin, sıradan bir hayatımız vardı. Dünyanın geri kalanı her gün maceradan maceraya koşup heyecanlı, coşkulu, telaşlı, tehlikelerle dolu bir hayat yaşarken, biz Şavşatlılar, yeryüzünün lanetlileri olarak, monotonluğa mahkum hayatlarımızı kahredici bir sükunet içinde ve tuhaf bir tutkuyla yaşıyorduk. Beni bu şekilde düşünmeye iten şey okuduğum kitaplardı. İlçe kütüphanesindeki roman, hikaye ve şiir kitaplarının hepsini okudum sanırım. Kütüphane müdürü Rasim Amca ilçenin düzenli kitap okuyan tek çocuğuna büyük bir şefkatle, ilgiyle yaklaşır, okuma hevesim kırılmasın diye ilk zamanlar bana verdiği kitapların sayfaları arasına birer tane yapışkan, renkli çıkartma koyardı. Rasim Amca sayesinde Şavşatlı her çocuğa nasip olmayacak, hatırı sayılır bir çıkartma koleksiyonum oldu; böylece bu kitaplarla aramda renkli, yapışkan bir bağ kuruldu.

Yazar olma tutkumu tetikleyen de o günlerden kalma okuma hevesiydi. Üniversite yıllarımda karaladığım öyküleri kitap haline getirmeye niyetlendiğimde yazar olmanın hiç de kolay olmadığını fark ettim. "Karaladığım" dediğime bakmayın, yayınevleri ve editörlerle yüzleşinceye kadar yazdıklarımın edebiyat şaheseri olduğunu düşünüyordum. Hangi yazar adayı böyle düşünmez ki! Sanıyordum ki elimde dosyayla yayınevinden içeri girince Şavşatlı bu genç edebiyatçıyı büyük bir heyecanla, coşkuyla karşılayacaklar. Kitap dünyasının insanlarının kütüphane müdürü Rasim Amca gibi olduğunu zannetmek en büyük yanılgım oldu. Yüzüme bile bakmadılar, üstünkörü bir bakışı saymazsak kelimenin gerçek anlamıyla yüzüme bile bakmadılar. Bir ikisi, "Dosyanı bırak, bakarız, gerekirse seni ararız," dediyse de umursamayacaklarını bildiğim için dosya mosya bırakmadan çıktım. Hafta sonları sağda solda yevmiyeyle çalışıp para biriktirdim, masrafını cebimden karşılayıp en ucuz malzemeyle kitabımı kendim bastırdım. Bu defa da kitabevleri kitabımı satmak istemediler; kaldırımda sergi açıp satmayı denedim, elden arkadaşlarıma satmaya çalıştım, olmadı bedava dağıtayım dedim. Bütün derdim hikayelerimi birkaç kişiye okutup gözlerinde o ışıltılı neşeyi yakalamaktı. Zorla okuttuklarımda bile bir ışık göremedim, bu tam bir yıkım oldu benim için. Zaten kitabımın adı da "Yıkım"dı.

Üniversiteden sonra Şavşat'a dönmedim. Geçici işlerde çalışıp az biraz para biriktirmeyi başardım. Türkiye'den umudumu kesmiştim artık; dünyayı gezmeye ve gezgin bir yazar olmaya karar verdim. Beni yolda bırakmayacak ikinci el bir araba aldım, pasaport ve vize işlemlerini de bitirdikten sonra birkaç parça eşyamı bagaja atıp Edirne'den Yunanistan'a, oradan tüm Avrupa'yı dolaşarak İngiltere'ye, sonra gemiyle Amerika kıtasına geçecektim. Gittiğim her yerde garsonluk dahil her işte birkaç gün çalışıp yola devam edecektim. Tek başıma özgür, sınırsız bir hayat yaşamak dışında hiçbir seçenek beni cezbetmiyordu. O gün öğlene doğru İstanbul'dan Edirne'ye hareket ettiğimde hayatımın en doğru kararını verdiğime emin, kuşlar kadar hür ve neşeliydim. Artık beni bu ülkeye bağlayacak hiçbir şey yoktu ama yine de özleyeceğimi biliyordum. İpsala sınır kapısına gidip oradan Yunanistan'a geçmeyi planlıyordum. Aslında yolda durmaya niyetim yoktu ancak İstanbul'dan çıkar çıkmaz Silivri taraflarında bir yolüstü lokantasına denk gelince Türkiye'deki son yemeğimi burada yemek geldi içimden.

Bu lokanta kırlık bölgede tek başına, salaş görünümlü, küçük bahçesi asmalarla kaplı şirin bir mekandı. Bahçesindeki plastik masalardan birine oturunca orta yaşlı bir kadın yanıma geldi, "Menemenimiz güzel," dedi, ben de "Olur," dedim. Yanıma aldığım sırt çantamdan "Yıkım"ı çıkarıp masaya bıraktım, niyetim hesabı ödeyip gitmeden önce Türkiye'de birine son defa kitabımı hediye etmekti, kabul ederse tabii. Ben etrafı, yoldan geçen arabaları seyre dalmışken aniden elimde bir acı hissederek yerimden fırladım. Garson menemen tavasını masaya bırakırken tava elime değmiş, hafiften yakmıştı. Ben tam çıkışacakken göz göze geldik, genç bir kadındı, balık etli, beyaz tenli, kumraldı ve açık kahve bakıyordu. Hiç de özür diler veya mahcup bir hali olmadığı gibi inadına gülümsüyordu. Müşteriye güler yüzünü gösteren garsondan tek farkı elinde tuttuğu kitabımdı. Sonra, "Kusuruma bakmayın, elinizi yaktım galiba," derken bile bana değil kitaba bakıyordu. Ben daha cevap vermeye fırsat bulamadan, "Ulaş Yayla" dedi, kitabın kapağındaki ismimi okuyarak. "Daha önce duymadım, tanınmamış yazarları okumayı severim," diye ekledi. Ne diyeceğimi bilemedim, yutkunarak, biraz da böbürlenerek, "İsterseniz sizin için imzalayıp hediye edebilirim," dedim. Kadın birden gözlerini gözlerime dikti ve "Vaaay, bizzat kitabın yazarıyla müşerref oldum demek," diyerek elini uzattı, "ben Ceren." Ben de malum, "Ulaş" dedim. "Memnun oldum, imzalarsan sevinirim" dedi, kitabı tekrar masaya bırakıp gitti. Nefis menemeni ekmek banıp tadını çıkara çıkara yerken bir yandan da yazarlık kariyerimin bu ilk imzasında ne yazacağımı düşünüyordum. En son şöyle yazmaya karar verdim: "Gelip geçen bir yolcudan hancıya, sevgilerimle." Ama yazarken "güzel hancıya" diye yazıverdim. Az sonra hesabı istedim, Ceren bir tabak içinde faturayı getirdi, ben de parayla birlikte kitabı da tabağa koyup uzattım. "Ne o, bahşişi bu şekilde mi veriyorsun?" dedi gülerek. "Hayır," dedim, "bahşiş altta, bu bir hatıra sadece." "Peki o zaman," deyip hızla içeri girdi, çok geçmeden elinde bir kitapla döndü. "Bu da benden sana bir hatıra olsun," diyerek kitabı uzattı; aldım, baktım, üstünde "Ceren Soykan – Hatırlamak En Derin Yaradır" yazıyordu. İnanamadım. Türkiye'deki son anlarımda böylesi güzel bir sürprizle karşılaşmak içimi umutla ve garip bir sevinçle doldurmuştu. O da benim gibi tanınmayan bir yazardı ve muhtemelen benimle benzer şeyleri hissediyordu. İlk sayfayı açtım, şöyle imzalamıştı:

"Varmak istediğin yere tez ulaşmanı dilerim yolcu. Ama biliyorsun, yol kimseyi bir yere götürmez. Yoldan çıkmalısın, varmak için."

* * *

Ceren'in günlük kaderini yazarken hikayenin birkaç yerine ayna sıkıştırmak zor değil. Sıradan yaşantılarımızda bile etrafımız aynalarla doludur da hiçbirimiz fark etmeyiz. Belki de işimize gelmez gün içerisinde aynalara bakıp kendimizle yüzleşmek. Sevdiğim kadını o gün kuaför yaptım, gün boyu aynanın önünde saç kesti, fönledi, boyadı. Ve saniyenin belki de onda biri diyebileceğim o kısacık anda ekrana bakıp bir gözünü kırptı. Sevinçten havalara uçacaktım, kendimi zor tuttum. Filmi sonuna kadar büyük bir dikkatle izlemeye devam ettim ve bir kez daha aynı şeyi yaptığını gördüm: Ceren bugün iki defa göz kırptı.

Emin oluncaya kadar tekrar tekrar izledim, evet, iki defa. Ama bu nasıl olabilir? Bana mı göz kırpıyor? Belki de rastgele bir reflekstir, nihayetinde hikayeleri ana hatlarıyla yazıyorum; Tanrı da kader yazarken böyle yapıyordur mutlaka. Geri kalan detayları kendi irademizle belirliyoruzdur. Tanrıya karşı sorumlu olduğumuz kısımlar da o bölümler olmalı. Yoksa Tanrı kendi yazdığı kaderden ne diye bizi sorumlu tutsun, değil mi? Yoksa Tanrı detaylara kadar her şeyi yazıyor mu? Ben yazmıyorum ama. Yazsam mı? Ceren Tanrıya mı göz kırpıyor yoksa? Varlığının farkındayım mı demek istiyor? Tırlatmak üzereyim. Tanrı neden işleri bu kadar zorlaştırıyor ki? Allah Tanrının belasını versin (inşallah duymamıştır).

Ertesi gün yeni bir hikaye. Ceren Frankfurt'ta bir ayna fabrikasında çalışıyor, kafayı aynayla bozdum bir kere. Yine iki defa göz kırpıyor; çıldırmadan izleyebilmek için dudaklarımı ısırıyorum. Arada ben de ona göz kırpıyorum, belki o da beni görüyordur.

Sonraki gün Oslo'da bir avize ve ayna mağazasında çalışıyor, iki defa göz kırpıyor, saniyenin onda biri süresince. Ve evet, bir detay daha yakalıyorum. Tanrım, ne aptalım! Nasıl oluyor da gözümden kaçıyor bunlar, kim bilir daha neleri ıskalamışımdır. Ceren hep aynı dakikalarda göz kırpıyor. Nasıl denk getiriyor, nasıl başarıyor, bilmiyorum ama ilki yirminci, ikincisi yüz kırkıncı dakikada oluyor. Bunu aklıma not ediyorum.

Bugün tur otobüsü şoförü. Barcelona caddelerinde dolaşırken sürekli dikiz aynasından bakıyor ama tam yirminci ve yüz kırkıncı dakikada gözlerimin içine bakar gibi ekrana odaklanıp belli belirsiz o göz hareketini yineliyor.

Sonraki günlerde, haftalarda aynı dakikalarda bana göz kırpıyor sevgilim; ve ben çaresizce, kafayı üşütmeye ramak kalmış halde onu izliyorum. Elimden hiçbir şey gelmiyor. Gece uyurken bile yirmi ve yüz kırk sayıları kafamda dönüp duruyor. Çarpıyorum, bölüyorum, çıkarıyorum, kareköklerini alıyorum, birleştiriyorum, yerlerini değiştiriyorum ama en küçük bir çağrışım bile yapmıyor o sayılar. Bunun bir mesaj olduğu çok belli, yoksa ne diye her gün aynı dakikalarda o hareketi yapsın ki? Ama bulamıyorum, bu basit şifreyi çözemeyecek kadar aptal bir sevgilin var aşkım. Ne yapacağımı şaşırdım artık. Tam otuz altı gün sürüyor bu işkence ve bir gece yatakta uzandığım yerde yıldızları izlerken parlak bir ışıkla aniden zihnim aydınlanıyor. Yine aptallığıma yanıyorum, bu kadar basit olabilir mi? Yataktan kalktığım gibi kütüphaneye koşuyorum… ve evet. Ağlamamak için zor tutuyorum kendimi.

* * *

Ceren'in imzalayıp hediye ettiği kitabı arabanın göğsüne koyup dünya turuna başlamak, yirmi üç yıllık hayatımın yıkıntılarını geride bırakıp yepyeni bir yaşama son sürat giriş yapmak için gaza bastım. Sadece birkaç kilometre gitmiştim ki uzanıp kitabı aldım, bir süre elimde tuttum, evirip çevirdim, tekrar yerine koyacaktım ki kendimi düşündüm, azıcık empati yaparak tanınmamış bir yazarın kitabını birkaç sayfa olsun niçin okumuyorum diye geçirdim içimden. Kitabı imzalayıp veren kişi "meşhur" bir yazar olsaydı muhtemelen ânında okumaya başlardım, şimdi neden aynısını yapmayayım? Hem Türkiye sınırlarını terk etmeden önce üç beş sayfa okunmayı hak etmiyor mu bu tanınmamış yazar? Hadi açık söyleyeyim, meraktan çatlıyordum, kendi kitabımla kıyaslamak için sabırsızlanıyordum. Arabayı uygun bir yerde kenara çektim, okumaya başladım. Zaten hacimli bir kitap değildi ama bitirdiğimde neredeyse beş saat geçmişti. Başladım, bırakamadım. Tam beş saat, arabada, mıh gibi çakılı kaldım direksiyonun başında, yol kenarında. Bu kadın güzel bir kadındı, fazlasıyla güzel. Bence dünyada yaralı bir kadından daha güzel bir şey varsa o da yaralarını korkusuzca yazabilen kadındır. Çünkü onda hayatın en muhteşem bileşimi vardır: zeka ve cesaret.

Bunu ona söylemeliydim; bu şekilde çekip gidemezdim, tanınmamış bir yazara haksızlık olurdu. Tamam, daha açık söyleyeyim, dayanılmaz bir şekilde onu tekrar görmeyi arzuluyordum. Zaten telefonunu da almamıştım, yoksa arar söylerdim... mi acaba? Lokantaya geri döndüm, içeri girdim, iki masada müşteriler yemeklerini yiyorlardı. Orta yaşlı kadın yemek tezgahının arkasında bir şeylerle uğraşırken, aynı yaşlarda bir erkek de kasada oturuyordu. Muhtemelen annesi ile babasıydı. Ceren görünürlerde yoktu. Adama sordum, okuma gözlüklerinin üstünden şüpheyle baktı; elimdeki kitabı gösterdim, başını peki der gibi sallayıp lokantanın arka kısmını işaret etti. Mutfağın dibindeki kapı arka bahçeye açılıyordu; kafamı uzattım, orada, küçük bir masada oturuyordu. Önünde benim kitabım kapalı duruyordu, boş bir çay bardağı, yarı dolu bir küllük ve parmaklarının arasında külü uzamış bir sigara. Dönüp bana baktı, sigaranın külü masaya döküldü.

* * *

Kütüphanede renkli bir atlas vardı, hemen dünya haritasını açtım, yirminci enlemle yüz kırkıncı boylamın kesiştiği yere baktım: Tuamotu Adaları. Büyük Okyanus'un neredeyse tam ortasında. Heyecandan ellerim titriyordu, Tanrıya fark ettirmemek için her şey normalmiş gibi davranmaya çalıştıkça heyecanım artıyordu. Tanrıyı kandırmak mümkün mü? Ya her şeyi izliyor ve biliyorsa? Elbette bilecek, Tanrı o. Belki de beni attığı bu ıssız yerde anlaşmamız dışındaki hiçbir şeyle ilgilenmiyordur. Nefes egzersizleriyle sakinleşmeye çalıştım. Neydi bu Tuamotu Adaları, benim bulunduğum yer mi? Öyle bile olsa Ceren bunu nereden bilebilir? Eğer ben Tuamotu'daysam... Büyük Okyanus'un ortasında... Tek başıma... Bu gerçek olabilir mi? Ya gerçekse? Ne yapacağım o halde, buradan çıkmanın bir yolunu bulabilir miyim? Ama ben ölüyüm, öldüm ben. Nadir rastlanan bir ilik kanserine yakalandım ve teşhisten sadece iki ay sonra öldüm. Ceren'in ellerimi öpüp ağladığını hatırlıyorum, gözyaşları ellerimi ıslatmıştı. Ölmeden önceki son anım buydu. Hastane odasındaydık. Sonra her şey karardı, zifiri, kör bir karanlık; sürekli düşüyordum ya da yükseliyordum, ayırt etmek mümkün değildi. En son, parlak bir ışığın içinde durdum. Sonsuz bir boşluk ve o ses, O'nun sesi. Arkasından anlaşma; bu kulübede açtım gözlerimi. Bunların hiçbiri hayal olamaz, yaşandı, ben yaşadım, halen kulübedeyim işte, öldüm ben. Peki Ceren nasıl bilebilir bunları? Yoksa tam ölü sayılmaz mıyım? Buradan çıkmalıyım ama nasıl? Çıkarsam Ceren ölür. Sağlıklı düşünemiyorum; korku, heyecan, sevinç, umut, panik... En çok da panik. Ve çok geçmeden kafamda çakan bir şimşek elbette. Ben gidemiyorum ama Ceren'i buraya getirebilirim. Bunu yapabilirim. Onun kaderini ben yazıyorum, gelebilir buraya. Boğulacağım neredeyse, bunun ihtimali bile nefesimi kesiyor. Ama sadece bir günlüğüne getirebilirim, aynı hikayenin tekrarını yazamam. Aman Allahım, o bir günlüğüne buraya gelebilir! Anlaşmaya aykırı değil bu.

Ertesi gün oturup yazdım, Tuamotu'da geçen bir günü, şimdiye kadar yazdıklarımın en güzelini, en detaylısını yazdım. Hayatımın en güzel hikayesini. Gece heyecandan doğru düzgün uyuyamadım. Sabaha karşı kendimden geçmiş olmalıyım. Güneşin parlak ışıkları ve dalgaların sesiyle uyandım. Önce gerçeği anımsayamadım, hatırladıklarımı rüya zannettim. Ardından zınk diye doğruldum yatakta, hayır rüya değildi; Ceren bugün sabah altıda buraya gelecekti, gelmeliydi. Çıplak ayakla verandaya koştum, baktım, bomboştu; deniz bomboştu, sağ tarafıma döndüm, bom... Hayır, bir şey vardı. Bir nokta, bir siluet, bir gölge, bir şey... Giderek yaklaşan, yaklaştıkça büyüyen, büyüdükçe saçları sabah rüzgarında savrulan bir şey, bir Ceren!

* * *

Ben lokantadan ayrılır ayrılmaz Ceren de oturup aralıksız benim kitabımı okumuş; gözlerinden, bakışlarından anladım bunu. Sigarayı tuttuğu eliyle karşısındaki boş sandalyeyi işaret etti; konuşmadan ben de onun kitabını masaya bıraktım. Bir süre sadece bakıştık, sonra o yavaşça kalktı, gelip önümde eğildi, iki elinin ayasıyla yanaklarıma dokunup dudaklarımdan öptü usulca, incitmekten korkar gibi. Sonra lokantaya girdi, duvara asılı garson önlüğünü alıp boynundan geçirdi, belinden bağladı. Hiçbir şey olmamış gibi öylece işinin başına döndü. Masadaki paketinden bir sigara alıp yaktım, derin bir nefes çekip dumanı yavaşça ağzımdan, burnumdan üfledim. Dayım, annemin küçüğü böyle içerdi sigarayı. Ona imrenerek ben de böyle içtim. Cezaevine bayram görüşüne gitmiştik, Trabzon'a. Annem, dedem, büyükannem ve ben. Dokuz yaşımda falan olmalıyım. Ben üç yaşımdayken tutuklanmış dayım, onu hatırlamıyordum, sadece evdeki konuşmalar nedeniyle varlığından haberdardım. İlk görüşe gittiğimde tanıştık. Bana, "Devrimci olmak istiyor musun?" diye sordu, gülerek. Bizimkiler mahsus azarlar gibi yaptılar dayımı, o daha çok güldü, hep beraber güldük. Dedemin ikram ettiği sigaradan beraberce içtiler; gür bıyıkları dumandan sararmıştı. Çok sevmiştim dayımı, bir daha göremedim onu, iki yıl sonra hastalıktan öldü cezaevinde. Cenazesi

Şavşat'a getirildi, polisler kuş uçurtmadılar, ilk sigaramı o gün içtim. Onun gibi içtim, on bir yaşımdaydım, ondan öğrenebildiğim tek şey de bu oldu.

Sigaramı söndürüp lokantaya girdim. Ceren boşalan bir masadan tabakları topluyordu, "Ben gidiyorum, hoşça kal," dedim. İstifini bozmadan, "Tamam," dedi. Çıktım, arabaya binip yola devam ettim. Hava kararmak üzereydi, bir kilometre sonra bir pansiyon tabelası gördüm, hiçbir şey düşünmeden, plan falan yapmadan önüne çektim. Bir oda kiraladım. Yatakta sırtüstü uzanıp kitabı tekrar okudum. Sabah uyandığımda kıyafetlerimle yataktaydım, kitap yere düşmüştü. Duş alıp çıktım, arabaya atlayıp tekrar lokantaya döndüm. Ceren dışarıda bir masaya oturmuş kahve içiyordu. Arabayı park edip indim. Beni görünce gülümsedi, ben de gülümsedim. "Yoldan çıktın, değil mi?" dedi. "Gidemiyorum," dedim. "Gitme," dedi. Gitmedim.

* * *

Kumsalın ışıltısıyla Ceren'in ışıltısı birbirine karışıp ışık yumağına dönüşmüştü, gözlerimi alıyordu. Biraz daha yaklaştıktan sonra beni gördü, tanıdı ve çıplak ayaklarıyla kumları savura savura koşmaya başladı. İnce, beyaz, çiçekli bir elbise giymişti; başında nergislerden yapılmış tacıyla o kadar güzeldi ki... Verandadan inip ona doğru koşmayı çok istedim ama bu yasaktı. İki elimi sallayarak yerimde zıplayabildim sadece. Yanıma geldiğinde nefes nefeseydi, terlemiş, yüzü pembeleşmişti. Bunları ve daha fazlasını bakmadan da görebilirdim çünkü hemen her şeyi ben yazmıştım. Kumla kaplı verandada bin yılın özlemiyle sarıldık, ağladık, öpüştük, koklaştık. Bedenlerimiz uzun süre birbirinden kopamadı. Hayal olmadığından emin olmak için defalarca yanağına dokundum onun.

Ölü bir adam için tek kelimeyle muhteşem bir gündü. Benim şaşkınlığım, heyecanım bir an bile dinmedi. Ceren içinse her şey normaldi; bir tatil beldesinde, önceden planladığımız şekilde buluşmuşuz gibi tatlı bir neşeyle doluydu. Onunla o gün orada harika zamanlar geçirdik. Ertesi günün hikayesini yazmaya ayırdığım bir saat dışında her ânımızı koyun koyuna, kucak kucağa ve doya doya yaşadık. Akşam ayrılık saati yaklaşırken geriye bir tek şey kalmıştı, sevgilime olup biteni anlatmak. Ertesi gün her şeyi unutacağını bilsem de tüm hikayeyi anlatmak için dayanılmaz bir istek duyuyordum.

Önce nereden başlayacağımı bilemedim, biraz kafa karıştırıcı bir giriş yaptım. Ceren, anlattıklarımın tek kelimesini anlamıyormuş gibi hayretle yüzüme bakıp durdu. Bunları anlatarak belki de acı çektirecektim ona ama bir saatliğine bile olsa beni anlasın, onun için neler yaptığımı, nelere katlandığımı bilsin istedim. Daha konuya doğru düzgün girmemiştim ki Ceren işaret parmağını dudaklarıma bastırıp, "Sus, bir şey söyleme, ben her şeyi biliyorum, asıl sen beni dinle," dedi. Çok ciddiydi, her zamanki yani gerçek hayattaki Ceren gibi şefkatli, özgüvenli, sevgi dolu gözlerle bakıyordu bana. Şaşkın olan bendim, "Neyi biliyorsun?" diye kekeler gibi sordum. Bu defa o anlattı:

"Hastanede öldüğün, beni, bizi bırakıp gittiğin o an ortalığı birbirine kattım Ulaş. Bir hemşire sakinleştirici iğne yapmaya uğraşıyordu; beni zapt etmeye, bağlamaya çalıştılar. O iğneyi yiyince hiçbir şeyin eskisi gibi olmayacağını biliyordum. Önce mayışacağım, gevşeyeceğim, senin öldüğünü bileceğim ama iğnenin etkisiyle bu bana o kadar da kötü gelmeyecek. Kendime gelir gibi olursam tekrar basacaklar iğneyi, sonra bir daha, sonra bir daha. Ta ki senin ölümünü kabulleninceye kadar. Normali bu elbette, ölenle ölünmüyor, eksilerek de olsa insan bu şekilde yaşamaya alışıyor. Ama biz seninle normal değildik Ulaş; yaşarken değildik, ölürken niye olalım? Bir kerecik olsun ölenle ölmek istedim sevgilim, beni tutmaya çalışan kollardan sıyrılıp pencereye koştum, yedinci kattan aşağı düşerken sana geldiğimi biliyordum, aşağıda seni gördüm Ulaş, gülümseyerek yukarıya, bana bakıyordun. Sonrası zifiri bir karanlık ve ardından güneşten bile parlak, kör edici bir aydınlık. O'nun sesini duydum sonra, fazlaca konuşmadık, acelesi varmış gibi çabucak yaptık anlaşmayı. Sanki buna hazırdım, ne yapacağımı önceden biliyormuş gibiydim. İsteklerimi söyledim O da şartlarını sıraladı, böylece Tanrı ile bir anlaşma yaptım. Yani benim tatlı sevgilim, Tanrı ile anlaşma yapan sen değilsin, benim. Anlaşmamıza göre Tanrı seni bu ıssız adadaki kulübeye yerleştirecek ve sen her gün benim için bir hikaye yazacaktın, bu da benim kaderim olacaktı. Bunu Tanrıdan ben istedim; ne kadar iyi bir yazar olduğunu biliyordum, beni ne çok sevdiğini de. Ayrıca burada güvende olacağından emindim. Beni yanıltmadın Ulaş, tam sekiz yıldır senin yazdığın o harika günleri yaşıyorum. Babamı diri diri yaktığın o zalimliği saymazsak hayatımın en mutlu anlarını bana sen yaşattın sevgilim. Ama özledim seni, dayanamadım hasretine ve sana şifreli mesajlar göndermeye başladım. Tanrının bile dikkatini çekmeyeceği birçok yöntem denedim fakat sanırım sen birçoğunu fark etmedin. En son, göz kırparak sana ulaşmaya çalıştım. İşte buradayım, demek için. Merak etme aşkım, yarın bunların hepsini unutarak başlayacaksın güne, yani her günü unutan da ben değilim, sensin. Hatırlamıyorsun ama bu benim buraya sekizinci gelişim, her yıl bir defa olmak üzere. Seninle bunları yılda bir defa yaşıyoruz, aynı şeyleri sana anlatıp gidiyorum. Önüme beni sınırsız, hesapsız, çıkarsız seven bir adam çıkardığı için Tanrıya her gün teşekkür ediyorum.

Belki bir gün Tanrı sıkılır ve ikimizin yerini değiştirir, bilemiyorum. Ama benim ve senin için yeni bir gün başlayacak. Seneye görüşürüz sevgilim; ha bu arada, bir gün beni Leningrad'a götür diyeceğim ama hatırlamayacaksın ki. Olsun, mutlaka denk getirirsin benim yaratıcı sevgilim, hoşça kal."

* * *

Lokantanın bahçesinde geçtim, Ceren'in karşısına oturdum. Kahvesini bitirip sigarasını fincana batırıp söndürdü. Bana kahvaltılık getirdi, ben yerken o sessizce izledi. Yine konuşmadık. Sonra o işine döndü, ben arabaya atlayıp sahile gittim, gün boyunca boş boş dolanıp akşama tekrar lokantaya geldim. Kasadaki adam babasıymış, kadın da annesi, tanıştırdı bizi. Çok anlayışlı, sevecen insanlardı; ailecek çok konuşkan değillerdi, sanki bakışarak anlaşıyorlarmış gibi tuhaf ama güzel bir halleri vardı. O gece pansiyona dönmedim, lokantanın arkasında küçük, dinlenme odası gibi bir yer vardı. İçeriye bir kanepe, masa, sandalye ve televizyon anca sığdırılmıştı. Ceren burada kalabilirsin deyince teklifini geri çevirmedim; çok da hoşuma gitti.

Sabah üçü birden lokantayı açmaya geldiklerinde uyandım. Temizliğe ve yemek hazırlıklarına koyuldular, teklifsizce yardıma giriştim. Neyi nasıl yapacağımı bilmesem de sabırla gösterdiler. Çabucak öğreniyordum, sonuçta en basit işleri bana veriyorlardı, zor olmadı. Gün boyunca sanki lokantada yeni elemanmışım gibi koşturup durdum, onlar da hiç garipsemediler, aramızda sessiz bir anlaşma vardı adeta. İşlerin hafiflediği anlarda Ceren'le kahve içip laflıyorduk; derine inmeden, öylesine sohbet ediyorduk ama ikimize de yetiyordu bu. Acelemiz yoktu, farkındaydık; biz artık birbirimizi bulmuştuk, gerisi zamana bırakılmalıydı.

Öyle de oldu. Üç dört ay kadar lokantadaki odada kaldım, sonra Ceren'le Silivri'de sahile yakın küçük bir ev kiralayıp beraber yaşamaya başladık. İlk zamanlar her şey rüya gibiydi. Sonra feci tartışmalar, kavgalar, incinmeler, incitmeler. Sonra tekrar dingin aşk zamanları, tutkulu sevişmeler, fırtınalı sevgi ayları, sonra gene tartışmalar, küsmeler, kavgalar, aşklar ve aşklar. Normaldik yani. Hatta ilk yıldan sonra birkaç kez arabaya atlayıp dünya seyahatine kaldığım yerden –kaldığım yer diyorum da başlamamıştım bile, İstanbul'dan sadece kırk kilometre anca uzaklaşabilmiştim– devam etmeye de yeltendim. Fakat her seferinde büyük bir pişmanlık, özlem ve mahcubiyetle geri dönüp sevgilimin kollarına atıldım. O da hep hazır ve döneceğimden emin, kabul etti beni. En son tekrar gitmeye karar verdiğimde sonbahardı, eylüldü ve Eylül'ün geleceğini öğrendik: Kızımız.

Ceren'in hamileliği çok zorlu geçti, onun için değil, benim için. Asla hazır değildim, o ise doğuştan anneymiş gibi davranıyordu. Onunla birlikte hamilelik ve doğum sancıları çektim, Eylül doğduğunda ben öleceğimi sandım. O kadar güzeldi ki. Eylül'den sonra Ceren'le ilişkimiz de olgunlaştı; daha oturaklı, daha dikkatli ve sorumlu bir çifttik artık. İlginçtir, aşkımız da tazelendi, boy attı, büyüdü.

Bu süre boyunca ben de Ceren de yazmaktan hiç vazgeçmedik. Yazdıklarımızı birbirimize okuduk; tatlı bir rekabet de oluyordu aramızda, şirretçe bir kıskançlık da. Yeni bir kitap çıkarmayı da düşünmedik. Kendimize "yazar"dık, bize yetiyordu.

Böyle işte.

Sonra Eylül büyüdü. Kıvır kıvır kumral saçları, kocaman ela gözleri ve tombik haliyle o kadar sevimli ki, tıpkı annesi. Şimdi üç yaşında; artık bıdı bıdı konuşup lokantada, bahçede koşturup duruyor. Dedesiyle nenesi de bayılıyor ona. Hayatımızın hem hüznü hem neşesi.

Ceren…

Çok az rastlanan bir ilik kanserine yakalandığını öğrendiğimizde hayatımız altüst oldu, dünyamız yıkıldı. Her şey o kadar hızlı gelişti ki toparlanamadık bile, iki ay içinde olan oldu, her şey bitti. Geçen sene, Eylül iki yaşındaydı, ben yirmi yedi, Ceren yirmi altı. Ceren hep o yaşta kaldı.

Öldükten sonra ona söz verdim, yazmayı bırakmayacağım, her yıl senin için yeni bir hikaye yazıp mezarının başında sana okuyacağım sevgilim, dedim.

Bugün Ceren'in ölüm yıldönümü ve "Kader" benim ilk hikayem. Seni her zamankinden çok seviyorum bi tanem, çok… Ve hepimiz seni çok özlüyoruz, en çok da Eylül.

Kartonpiyer

Yardımcı olabilir miyim?" Suçüstü yakalanmışçasına irkilerek kadına döndüm. Reyon görevlisiydi soran. Elimdeki dantelli kırmızı kadın külodunu yan tarafımda tutup saklamaya çalışırken muhtemelen külotla aynı renge dönmüş yüzüme anlayışla bakan kadın görevlinin rahatlığı sayesinde az da olsa gevşedim. Bir erkeğin kadın iç çamaşırı satın alamayacağına dair anlayış nasıl ve ne zaman bu kadar yerleşik hale geldi bilmiyorum ama, bu duruma düşmekten oldum olası korkmama rağmen al işte benim de başıma gelmişti. En nefret ettiğim şey. Oysa mağazadan içeri girerken özgüvenim tavandaydı. Son bir haftadır kasap kedisi gibi kadın giyim mağazalarının önünde dolanıp durmama rağmen hiçbirinden içeriye adımımı atamamıştım. Gir, al, çık işte; ne olacak! Ne olacağı var mı? Kadın görevli zart diye yanı başımda dikilip "Yardımcı olabilir miyim?" diye soruveriyor böyle. Ne diyecem şimdi ben? Nasıl yardımcı oluyorlar bilmiyorum ki! Erkek çamaşırı alırken kimse gelip de “Yardımcı olayım,” demiyor. “Deneyebilir miyim?” desem? Ya da “Siz deneyin” mi diyeyim. Saçmalama oğlum; beden, model falan soruyordur. Bunlarda beden oluyor mu ki? Sımol, midyum gibi bir şey mi acaba, yoksa numara mı söyleniyor? Daha bir de sutyen bakacağım, onu da elimle mi tarif etsem? Boktan bir durum.

Hadi bedeni bulduk, işi çözdük diyelim. Modeli nasıl seçecem? “Seksi olanlardan istiyorum” mu diyeyim? Yoksa peygamber donu gibilerinden mi alsam? Parmağımla gösterip “Şundan istiyorum,” desem, nasıl olur? Yok, yanlış olur. İsteyenin ben olduğum anlaşılır. “Sevgilim bundan istiyor,” dememem daha uygun düşer. Bu daha saçma oldu. Sevgilim benden neden don istesin ki! “Hediye bakıyorum,” dedim aniden. Bu daha mantıklı oldu galiba.

“Aradığınız özel bir model varsa bedenlerine bakalım isterseniz. Şuradakiler de sutyen külot, takım olarak alabileceğiniz ürünlerimizdir,” diye bayağı bir yardımcı oldu kadın! Şimdi ben bu kadına fantezilerim hakkında izahatta mı bulunacağım? “Evet, zilli modellerden istiyorum. Bakınca iç gıcıklayıcı, dokununca dış gıdıklayıcı olsun” mu diyeyim yani? Tam olarak neyi soruyor bu kadın, amacı ne?

Kan ter içinde kaldığım iki dakikanın sonunda mağazadaki en masum donu, üstünde miki resimleri olan pamuklu külotu alıp çıktım. “Bunun sutyeni de var,” dedi kadın ama dönüp bakmadım bile. Fantezi düşmanı, aşk katili bunlar resmen!

Sevgilin mi var, derdin var. Yarın Sevgililer Günü ve ben daha doğru düzgün bir hediye alabilmiş değilim. Belki seksi bir iç çamaşırı hediye ederim de mevzuya ucundan giriş yapmış olurum diye hesap ediyordum, o da olmadı. Bu pamuklu donu versem olacağı varsa da olmaz. Keşke internetten sipariş etseydim ama bu saatten sonra yetişmez artık. AVM'den çıkar çıkmaz pamuklu donu poşetiyle birlikte çöpe attım. Bir de fiyonklu hediye paketi yapmışlar, şaka gibi!

Nazım Hikmet ya da Cemal Süreya'dan bir kitap mı alsam? Kız kitap kurdu, okumadığı şiir kitabı kalmamıştır. Parfüm çok klasik olur, takı falan hiç olmaz. Çeyrek mi taksam? Yok, direkt para takayım, te Allaam.

İşin aslı, Sevgililer Günü gibi şeylere inanmıyorum. "İnanmıyorum" ne ya? "Evrim Teorisine inanmıyorum" gibi oldu ya da "uzayda hayat olduğuna inanmıyorum." Tasvip etmiyorum desem. Yok, bu da olmadı. Saçma buluyorum? Hayır, saçma falan değil, kendi içinde bir tutarlılığı var, tüketimi teşvik amaçlı değil mi böyle günler? Ne demeliyim o halde? Farkındayım, lafı dolandırıyorum. Konu neydi? Hediye, evet Sevgililer Günü'nde sevgiliye hediye. Buldum, "aldanmıyorum", "Sevgililer Günü gibi şeylere aldanmıyorum" demeli. Bu da tam olmadı sanki. Şerefsiz Sevgililer Günü, aşağılık Sevgililer Günü, böyle şeyler söylemek istiyorum ama bunlar da meramımı tam karşılamıyor sanki. Kadın pamuklu don verdi yahu! Gidip çöpten geri mi alsam? Eşşeoğlu eşek Sevgililer Günü, piç kurusu.

Keşke tek sorun hediye olsa. Kızla resmen sevgili bile değiliz. Resmi derken belediyece onaylanmış bir sevgililiği kast etmiyorum. Umarım bu şekilde anlama ihtimali olan bir tek ben değilimdir. Gerçi olsa fena olmaz, "sevgililik cüzdanı" gibi bir şey yani. "Belediye başkanımızın bana verdiği yetkiye dayanarak sizi birbirinize âşık iki sevgili ilan ediyorum. Aha bu da cüzdanınız. Şimdi gidin imam da sizi sevgili ilan etsin." Bu cüzdanı göstererek mağazadan kırmızı renkli fantezi donlar alabiliyor muyuz müdürüm? Resmi derken, birbirimize aşkımızı açıkça ilan etmiş değiliz demek istedim. Aşk mı? Biraz abartı oldu. Birbirimize olan ilgimizi, benim ona olan ilgimi. Kız, alışveriş yaptığım mahalle marketinde kasiyer. Git gel bayağı tanış olduk. Fiyatlar bu kadar artmamışken haftada üç defa alışverişe gidiyordum, şimdi beşe çıkardım ama her seferinde tek bir şey alıyorum. Anlayışla karşılıyor, umarım. Mesela üç yumurtayı üç günde aldım, bir şey demedi. Sadece "Yumurtalar tekli satılmıyor ama madem bir tane istiyorsunuz, bakkaldan alın," dedi. Her seferinde öyle dedi, ben de her seferinde yumurtayı kasada bırakıp çıktım, bakkaldan aldım. Yumurta bahane, maksat görüşmüş olalım. Yumurtaları yedim tabii. Birini çiğ içtim, ucundan kırıp içine tuz atıp karıştırdıktan sonra içiyorsun, güzel oluyor. Ben buna dedim ki, "14 Şubat'ta iş çıkışında uygunsan görüşelim, bir yerlerde oturur bir şeyler içeriz, ha?" Elimdeki tek salatalığı alıp barkodunu okuttuktan sonra, "4.45" dedi. "Tamam, bana uyar," dedim. "Nakit mi kredi kartı mı?" diye sordu. Sonra karışıklığı düzelttik, ben ödemeyi yaptım, o salatalığı bana uzattı, aldım. Bir an düşündü, "Olur, akşam onda çıkıyorum," dedi. Bu anlattıklarım geçen hafta oldu. Sonrasında her gün markete gidip sakız, lolipop falan aldım ama mevzuyu bir daha hiç açmadık. Dün de uğrayıp bir kutu prezervatif aldım, büyük boy, meyve aromalı. Niyetim beklentisini artırıp heyecan yaratmaktı, gerçi çok büyük gelecek ama olsun, seneye de kullanırım. Yüzüme bile bakmadan "162" dedi, neyse ki başka bir şeyle karıştırılacak bir rakam değildi. İşte bir haftadır da hediye arıyorum; mikili pamuklu don ha!

Pahalılıktan millet alışveriş yapamaz hale gelince marketler de boş kaldı. Gittiğimde çoğu kez Mehtap'ı kasada kitap okurken gördüm. İsmini memesinin üzerine iliştirdiği isimlikten biliyorum. Ertesi gün ben de bir isimlik bulup üstüne "Ramazan" yazdım, mememin üstüne iliştirip gittim. Benimki küçüktü ama. İsimlik yani. Tabii memem de öyle. Onunki büyük, ikisi de. İki memesi değil, isimlik ve memesi. Ha, tabii iki memesi de büyük, sağdaki ve soldaki. Soldaki memenin üstünde "Mehtap" yazıyor, muhtemelen sağdakinin de adı Mehtap. Mantıken öyle olmalı. Ben olsam sağdakine "Sevtap" derdim, ikizler gibi. Mememin üstündeki "Ramazan"a tuhaf tuhaf baktı, ben de "Mehtap"a öyle baktım, soldakine. Hızlıca bir düğmesini daha ilikledi. Ben de gömleğimin yaka düğmesini ilikledim, imam hatip öğrencisi gibi kaldım öylece. Zaten etikette de "Ramazan" yazıyor. Aslında adım Muttalip, sevmiyorum ismimi, değişik bir şey olsun diye "Ramazan" yazdıydım.

Ne diyordum, he işte meme (ne çok meme dedim), yok kitabı anlatıyordum. Nazım Hikmet diye bir kitap okuyordu. Ben bunu dini kitap falan sandım, hikmetinden sual olunmaz gibi. Sonra kitapçının birinde bulup biraz baktım, öyle değilmiş. Neredeyse ertesi gün elimde Yasin öyle gidecektim markete, fark etmem iyi oldu. Cemal Süreya'yı da okudu, o da şiir kitabıydı. Ben anlamam şiirden. Romancıyım ben. Lisede bir tane okumuştum, "Kaşağı"ydı ismi, yazarı Ömer Bedrettin gibi bir şeydi, ilkokul da olabilir, tam hatırlayamıyorum. Okumak lazım, okumadan olmaz, bırak dünyayı Mehtap'ı bile anlayamazsın. Bunlar hep şaka tabii, öyle tek kitapla meseleyi çözemezsin, "İnce Memed"i de okumaya girişmişliğim var mesela. Memed ince ama kitap kalın, bitiremedim. Memed dedim de aklıma meme geldi, onu anlattım ama. Sadece aklıma geldi. Çok pahalıymış. Prezervatifi diyorum. Yıkayıp yıkayıp kullanabiliyor muyuz? Prospektüsüne bakmak lazım, İngilizcede tarifname demek. Birkaç hafta eczanede çalışmışlığım var. Bir eczacı dükkanının kartonpiyer işini yapmıştım, oradan kalmış aklımda. Bir de Talcid'i biliyorum, duvarda afişi vardı. Mantıken prezervatifi yıkayabilmek lazım, elde ama. Sıcak suyla olmaz, bollaşır, sarkma yapar. İnşaattan bizim bir arkadaş var, Murat. O bu işlerin ustasıdır. Geçen anlatıyor, işte, yok şöyle yaptım, yok böyle yaptım. Hepsi yalan tabii. Dedim, "Kaç saat sürdü?" "Altı saatte hepsini bitirdim," dedi. Peki, "Toplam kaç metre?" diye sordum. "120 metreye yakın," dedi. Atıyor. Altı saatte 120 metre kartonpiyer mümkün değil. İşte bizim bu Murat'ın bir prezervatifi var, iki yıldır kullanıyormuş. Yemin ediyor, diyor, "İlk günkü gibi gıcır gıcırdır." Ustabaşı Semih Abi var. Bir gün istedi, dedi, "Murat ver, bir iki kere de ben kullanayım." Murat dedi, "Olur mu abi, kişisel bir üründür, diş fırçası gibi düşün." Semih Abi biraz düşündü, "Tamam işte. Aynı bizim evde de bir diş fırçası var, sekiz kişi kullanıyoruz," dedi. "Hem merak etme ağzıma sokacak değilim," diye espri de yaptı. Ama Murat yine de vermedi.

Vermedi deyince aklıma Mehtap geldi. Telefonunu istedim, vermedi, "Marketin önünde buluşuruz," dedi. Pis bir muhabbettir sardırmış gidiyorduk ki Semih Abinin telefonu çaldı. Kalktı, gitti, konu da öylece kapandı. Yoksa Murat'a yıkayıp yıkamadığını soracaktım ama dediğim gibi mantıken yıkanıyor olması lazım.

"Umut iyidir, umutsuz olmamak lazım". Kimin lafıdır hatırlamıyorum ama anlamlı bence. İnce Memed'in olabilir. Ev kiraları bayağı arttı. Benimki bodrum kat, küçük bir yere 800 veriyordum, 1200 istedi, yüzde 200 artış fazla değil mi diye itiraz edecektim, vazgeçtim. Yine de 400 liralık artış koymadı değil. Ev sahibim yaşlı bir hacı amca, matematiği kuvvetli değil, yüzde 200 zam yapacağım diye böyle yaptı. Onunki bakkal hesabı.

Tuhafiyeciler de kadın iç çamaşırı satıyormuş, bilmiyordum. Vitrinde görünce girdim, aldım. Sahibi de erkek olunca rahat rahat yaptım alışverişimi. Fazla çeşit yok ama yine de iyi. Ölçüsünü elimle tarif ettim, hemen anladı. "Basen var mı?" diye sorunca zorlandım biraz. Mehtap'ı hep kasada otururken gördüğümden kestiremedim. Sonuçta oturduğunda basen varmış gibi görünüyor. "Sen basenlisinden ver," dedim. Kız külotu giydiğinde oturmayacak mı, oturacak. O zaman mantıken düşününce insan ayakta ayrı, otururken ayrı külot giyemeyeceğine göre… "Rahat bir şey olsun," dedim. Adam kutudan çıkarıp gösterdi, esnetti falan, üzerinde dantel gibi bir şeyler de olunca "Tamam," dedim. Yalnız, kırmızısı yokmuş. Bordo gibiydi, vişneçürüğü. Olsun dedim, yapacak bir şey yok. Sutyen de iyi görünüyordu, kaliteli gibi, Mehtap'ın üstünde iyi durur. Teni de esmer olduğu için uyumlu olabilir belki. "Çok mu esmer?" diye sordu adam, "Evet," dedim. "O zaman bu iyi gider," dedi. İşi biliyor. Rica ettim, hediye paketi de yaptı. 14 Şubat olduğu için bugün aynı üründen alan çok olmuş. Bu minvalde ayaküstü biraz sohbet ettik. Sevgililerden, aşklardan falan konuşup çene çaldık. "Sevgili, aşk falan bizden geçti," dedi adam. Ben de "Olur öyle şeyler," dedim. Bunun gibi şeyler konuştuk işte. O başka bir şey demeyince ben de demedim artık. Yine de erkek erkeğe sevgili mevgili konuşmak bana iyi geldi. Baktım saat sekiz, buluşmamıza daha iki saat var, az ileride pastane gibi bir yer vardı, oturdum bir çay istedim.

Mehtap'ı güzel bir lokantaya götürecem. Ayarladım her şeyi. Kartonpiyerlerini ben yapmıştım. Üç dört sene oluyor. Adam beni hatırlayamadı ama sevgilimle 14 Şubat falan deyince özel bir masa ayırtacağını söyledi. "Sen bana bırak," dedi. "Masaya gül yaprakları, mum, şarap her şeyi hallederiz, merak etme," dedi. "Akşam on buçuk gibi anca geliriz," dediğimde iş yattı. "Biz yedide kapatıyoruz, sanayi esnafı kapatınca bizim iş de biter," dedi, beni bir başka arkadaşına yönlendirdi. Onlar gece on iki, bire kadar açık olurmuş. Telefon edip yer de ayırttı sağ olsun. Kokoreç de servis ediliyormuş, sadece kokoreç servis ediliyormuş, kokoreççiymiş. Mehtap kokoreç sever mi bilmediğimden "Kalsın abi," dedim, "seni de yorduk." Üzüldü, inat etti, "İlla ki bu gece ben senin için dükkanı açık tutacağım. Sevgilini kap gel, menüyü ben ayarlıyorum. Tekel bayisinden şarap da alırım," dedi. "Hem, tek masa rahat edersiniz" de deyince ikna oldum. Baş başa yemek daha güzel olur. Yemekleri de güzel zaten. Güveci çok iyi diye aklımdaydı. Kalmamış ama. "Sen bana bırak," dedi. "Et met, salata bir şeyler ayarlarız," deyince fazla da ısrar etmedim. Daha güzel lokantalar yok değil, fakat zamlar yüzünden her taraf çok pahalı. Burası o açıdan da iyi. Dört çeşit yemek 50 TL. Camda yazıyor. Tabii benimki biraz daha özel olacağından kişi başı 100 olurmuş, artı şarap. Mehtap'ı aldıktan sonra minibüsle 20 dakikada gideriz sanayiye. Olmadı taksiye atlarız. Zaten dönüşte taksi şart. Mesele, hacı amcaya görünmeden Mehtap ile birlikte eve girmekte. Gerçi zor olmaz. Karşıda, Anadolu yakasında oturuyor, o saatte evin önünde ne işi olur ki. Hediyesini lokantada veririm, ama "Lütfen burada açma, evde açıp denemeni istiyorum," derim. Rengi de tenini açar, güzel olur ha!

Mehtap 14 Şubat akşamı babasıyla marketin önünde bekliyordu. Başta babası olduğunu bilmiyordum tabii, tırsmadım değil. Koltuğumun altında hediye kutusu; içinde Mehtap'ın külotu, sutyeni; cebimde meyveli prezervatif. Adam Mehtap'a dönüp "Bahsettiğin kartonpiyerci bu mu?" dedi. Kız "Evet baba," diye cevapladı. Bir şey değil de beni orada öldürse külot, prezervatif falan, rezil olacağız. Elimi sıkıp "Gidelim, ölçüyü al," deyince kafam karıştı.

Mehtap bana kartonpiyeri ne zaman sormuştu, ne vakit evlerinin kartonpiyer işini konuştuk, hiç hatırlamıyorum. "Babam da saat 10'da gelir, beraber gideriz, ölçü alırsın," demiş. Babasına "Kartonpiyerci arkadaşım var, ismi Ramazan," demiş. Beynim tıkandı resmen, meme yaptı. Ben bunları duyduğumu hatırlamıyorum, aklım memede kalmıştı diyecem ama yok, kız benimle kafa buldu, duygularımla oynadı. İnsan inanmak istemiyor, böyle olmuş olabilir mi? Hayallerimin kırıklığı, rüyalarımın büyüklüğünden daha... Neydi işte, böyle bir laf vardı ya İnce Memed'in. Bak yine meme geldi aklıma. Külotla sutyeni zor bela tuhafiyeciye geri verdim. Prezervatifi de bir hafta sonra markete götürüp iade etmek istedim, Mehtap geri almadı. "Açılmış bu," dedi. Ambalajı açılmış ürünlerin iadesi yokmuş. Ben de paketi inşaata götürüp içindekileri arkadaşlara dağıttım. Semih Abi iki tane aldı, "Bana on yıl yeter," dedi.

Benim düşünceme göre insan zaman zaman hayata bakış açısını değiştirmelidir. Çünkü bu iyi bir şeydir. Mesela ben Mehtap olayında fena halde çuvallayınca bakış açımı hızla değiştirmeye karar verdim. Ve kendi kendime dedim ki, bir insanın illa sevgilisi olmak zorunda mı? İşte bu soruya vereceğim cevabın hayatımın geri kalanını tümden değiştirebileceğini o anda fark ettim. Çok iyi hatırlıyorum; inşaatın sekizinci katında öğle yemeği molası vermiş, bütün ekip yere serdiğimiz gazetenin etrafında oturup üzüm, ekmek, peynir yiyorduk. Gazetedeki bir haber gözüme ilişti. İnşaat işçileri olarak gazete okumayı severiz, en azından bizim ekip öyle. Arada çıplak kadın resimleri de oluyor ama biz bazen altındaki yazıları da okuyoruz. İlginç şeyler olabiliyor. Örneğin diyor ki, "Bu kadın bilmem kiminle neler yapmış". Tabii insan merak ediyor. Üzüm salkımı da tam kadının resminin üstünde durduğundan haliyle salkımı kaldırıp altına bakıyorsun.

İnşaatta yemek molaları keyifli olur, hep gırgır, şamata. Çalışırken de türkü falan söyleriz. Yemekten sonra molada da türkü söylediğimiz oluyor. O anlarda insan dalıp gidiyor. Hayaller, rüyalar ve buna benzer şeyler kurabiliyorsun. Bir insanın illayim sevgilisi olmalı mı? İşte bu soru o anda aklıma geldi fakat araya ne girdi hatırlamıyorum; biri bir şey mi söyledi, birinin telefonu mu çaldı, öyle bir şey işte. Ben bu sorunun cevabını düşünmeyi unuttum. Aslında o sırada tam havamdaydım, sanki güzel bir cevap bulacakmışım gibi bir his vardı içimde. Sonra bu konuyu unuttum. Günler sonra aklıma gelince de soru artık önemini yitirmişti. Bu nedenle, o günlerde bakış açımı pek değiştiremedim. Üzümü yıkayıp gazetenin üstüne koyduğumuzdan kadının resmi de bayağı ıslanmıştı, pek bir şey anlaşılmıyordu. Lakin üzümü elime aldığım için birkaç tane koparıp yedim.

Hayatı çok ciddiye almamak lazım. Bunu bilir, bunu söylerim. Çünkü hayatta komik şeyler de oluyor ve ister istemez o anda gülüyorsun. Bir keresinde hep beraber türkü söylerken video çekip TikTok'a koydum. Bayağı beğenen oldu, artık böyle şeyleri daha sık yapıyorum. Beğenenler arasında kızlar da oluncа onlara teklif atıyorum. Daha bir tanesini bile ayarlayamadım. Bence inşaat işçisi seksi bir şeydir. Mesela düşünüyorum, inşaatta yarı çıplak çalışan kadınlar bana teklif atsa hiç de itici değil. Tam tersine kabul ederim yani. Bu da hayata bakış açısıyla ilgili bir mesele. Özellikle kızlar hayata bakış açılarını değiştirmeyince biz de bir tür zora giriyoruz. Bu gibi konulara kafa yormayı seviyorum ama pek fırsatım olmuyor. Dedim ya, insan kendi şansını kendi yaratmalı. Gerçi bunu ilk defa söylüyor da olabilirim. Üzüm salkımının gazeteye geri koyarken resmin üstüne değil de az ötesine bıraktım. Hava sıcak olduğundan gazete çabuk kurur, resim daha net görülebilir.

Kartonpiyer dediğin şey basgitar gibidir; yokluğu büyük kayıptır, varlığını fark etmezsin bile. Fakat yine de önemsenmek güzel olsa gerek. Bence kızlar inşaat işçilerini, özellikle kartonpiyercileri olabildiğince dikkate alıp onları sevmeye çalışmalıdır. Bakın sevişmeliler demiyorum, ha yeri gelir o da olur, biz kartonpiyerciler buna da hayır dememeliyiz. Bu gibi durumlarda insanlık namına hareket etmeye özen göstermeliyiz, yani insanlık ölmemeli. Kızların bu konuda bakış açıları değişirse bunu bir zafer gibi sunmamalıyız, neticede bu çok normal bir şeymiş gibi davranmak konusunda kendimizi alabildiğince zorlamalıyız. Bana kalırsa herkesin içinde bir İnce Memed vardır; önemli olan onu bulunduğu yerden çıkarıp onunla diyalog kurabilmektir. Elbette bu gibi durumlarda kızların üstündeki baskıyı, geleneklerin ve inançların etkisini inkar ediyor değilim. Sonuçta gazetelerde bu tür şeyleri okuyoruz. Ben meseleye farklı bir bakış açısı kazandırabilir miyiz derdindeyim. Her çeşit yanlış anlaşılmayı önlemek için daha açık ifade etmem gerekirse kızlar kartonpiyercilere karşı rahat ve özgüvenli olmalılar. Neden derseniz çünkü biz de insanız ve bence bu yeterli bir gerekçedir.

Bizim Murat ile ustabaşı Semih Abi zaman zaman bu konularda tartışırlar. Ekip için böyle şeyler öğretici olabiliyor. Semih Abi diyor ki "Murat, peyniri resimli olan yere doğrama, boyası peynire bulaşıyor." Hepimiz hiç şüphesiz Semih Abiye hak veriyoruz.

Her akşam iş dönüşleri eve gitmeden markete uğradığım oluyor. Alışverişimi yapıp Mehtap'la muhatap olmadan çıkıyorum. Aramızda tuhaf bir gerginlik var, bir türlü çözemiyorum. Her şeyi unutup yeniden başlayabilir miyiz diye içimden geçmiyor değil. İnsan bunca yaşanmışlığı bir çırpıda silip atamıyor, belki de zaten atmamalıyız. Biz kartonpiyerciler böylesi durumlarda hassas insanlar olabilmeli, yeri geldiğinde ağlayabilmeliyiz. Mehtap gibiler de bize "Ne oldu canım benim, niye ağlıyorsun?" diyebilmeli. Hatta "Senin o inci tanesi gözyaşlarına kurban olurum. Hele gel, neye ağlarmış benim canım!" da. Fakat bu kadarı şart değil; azla yetinmeyi bilmeli, İnce Memed misali olgun ve ağırbaşlı davranmalıyız. Ama ne olursa olsun Mehtap gibiler bize "Git başka yerde ağla. Burası market," dememeli. Belki dikkat çekmek için kendimi zorlayarak yapmacıktan ağladığımı fark ettiğinden böyle söyledi; yine de hoş değil. Bir kadına, hele de bir kasiyere yakışmaz böyle şeyler. Tabii ki özü sözü bir olmak önemlidir, hayata karşı bir duruş sahibi olmalısın, ancak öyle şak diye de söylenmez ki.

Dağıttığım prezervatifleri arkadaşlardan kullananlar olmuş, kimin ne amaçla kullandığını sormadım. Genelde randımanlıymış. Demek ki meyve aromalı olunca faydasını görmüşler. Konu benim açımdan travmatik olduğundan fazla deşmek istemiyorum, onlar da anlayışla karşılayıp meseleyi uzatmıyorlar. Yalnız bir keresinde Semih Abi, "Oğlum, sen bunu koluna mı takacaktın, ne diye en büyüğünden aldın? Ben bile katlayarak kullanıyorum," deyince biraz canım sıkılmadı değil. Bu mevzuyu düşünmemeyi tercih ediyorum.

Cinsel içerikli şeylerle aşkı ve sevgiyi birbirine karıştıran insanlardan değilim, her şeyin yeri zamanı ayrıdır. Bu konularda açık fikirli olmalı, tartışmayı başka noktalara taşımadan mevzuyu saygı sınırları içinde ele almalıyız. Aksi durum, kartonpiyerci olarak bize yakışmaz. Bu konuda bir örnek vermek gerekirse verebilecek durumda değilim. Demek istediğim, Semih Abi çok ayıp ediyor. İnsanların gururunu kırmadan önce bir parça düşünebilirsek bize yakışanı yapmış oluruz. Bir de diyor ki

Semih Abi, "Bizim hanım bir tanesini varis çorabı niyetine kullanıyor." Ben artık yorum yapmak istemiyorum.

Şu dünyaya üç günlüğüne gelip gidiyoruz. Birbirimize zorluk çıkarmadan karşılıklı anlayış içerisinde Mehtap'ı bir gece evime davet edebilmeliyim, ama o da bunun art niyetli bir şey olmadığını bilip öyle davranırsa bu yeni bakış açısı hepimize çok şey kazandırabilir. Ben böyle düşünüyorum, Mehtap halen diyor ki, "Nakit mi kredi kartı mı?" Peki biz medeni insanlar olarak bu durumda sorunlarımızı nasıl çözeceğiz?

Hayat bir sınavlar silsilesinden başka bir şey değildir. Genelgeçer şekilde akıl verip ukalalık yapmak istemem, yine de şunu bir düşünün derim: Üç kuruş maaşla sigortasız çalışıyorsun, iş bıraksan ya da grev yapsan ânında kapının önündesin. Ortalık işsizden geçilmiyor, bir salatalık olmuş bilmem ne kadar. Peki bu durumda insan evliliği düşünebilir mi? Mehtap gibilere kalsa hemen evlenelim; iyi de, hayat böyle bir şey değil ki. Bence kızlar da biz kartonpiyerciler kadar buna kafa yormalı. Hangi kızlar diye sorarsanız mesela Mehtap diyebilirim. Şimdi ben Mehtap'a evlilik fikrini açsam böyle diyeceğinden eminim, o yüzden sormaya da korkuyorum. Lakin böyle düşündüğünden eminim. Oysa ben derdimi bir türlü anlatamıyorum.

Üstünde yemek yediğimiz gazetelerdeki kadın resimlerine kafayı takmak benim tarzım değil. Büyütmem böyle şeyleri. Ha, ne yaparım, bakar geçerim. Bir resmin üstüne yazmışlar mesela, "Güldüren erkeklerden hoşlanırım." E, ben de hoşlanırım. Ne yapayım yani, ben de mi soyunup gazeteye çıkayım? Bizi güldüren insanları genelde severiz, bunun için soyunmaya gerek yok ki! Benim de arada bir arkadaşları güldürdüğüm oluyor, fakat kimseye "Madem güldün, o halde hemen soyun," demiyorum. Bir keresinde yaptığım bir espriye bizim ekip gerçekten çok güldü. Espri şu an aklımda değil, hatırlasam eminim siz de gülersiniz. İnanın, tam hatırlayamadım ama gerçekten komikti fakat mesele o değil.

Gazetede Mehtap'ın resmini gördüm. "Marketler bomboş" diyen bir başlığın altına kasiyer Mehtap'ın boş marketteki fotosunu koymuşlar. Yüzünde maske olmasına rağmen tanıdım çünkü memesinin üstünde Mehtap yazıyordu. Zaten yazı olmasa da tanırdım, Mehtap'ı bilmez miyim, kasa da market de aynı zaten. Ben bunu fark eder etmez peyniri alıp Mehtap'ın üstüne koydum. Semih Abi bana ters ters baksa da umursamadım. Tamam, Mehtap çıplak değildi ama insan yine de bir tuhaf oluyor. Yemek bittikten sonra peynire bulanmış resmi elimle düzgünce keserek güneşte kurutup cebime koydum.

İnce Memed'in sevdiğim bir lafı var, diyor ki "Dön dünya dön, elbet senin de bir gün çarkın döner." Yanılmıyorsam Beşiktaş Kadıköy vapurunda denize bakarken söylüyor, beni her zaman etkilemiştir. O halde bu durumda ne yaparız, ne yapmalıyız? Bir insanın hoşlandığı kız gazetede poz veriyorsa tavrımız ne olmalı? Kartonpiyerciler arasında buna benzer bir olay tarih boyunca hiç yaşanmadığından bizim ekibin bu konuda bir fikrinin olacağını sanmıyorum. Yine de şansımı denemek için soruyorum, diyorum ki, "Arkadaşlar, hoşlandığınız bir kızın resminin gazetede çıktığını görürseniz ne yaparsınız?" Murat diyor ki, "Benim hoşlandığım kızların her gün gazetelerde resmi çıkıyor." Semih Abi de, "Ben zaten hepsinden hoşlandığım için güzel oluyor yani," diyor. Evet, kendim için ufuk açıcı bir şey beklemediğimden hayal kırıklığına uğramıyorum.

Bu sorunla kendim baş etmek zorundayım. Önce sorunu doğru tespit etmeliyiz. Çözüm için hayati derecede önemlidir bu. Biz insanların ama özellikle de kartonpiyercilerin kendi gerçeğiyle cesurca yüzleşmesi en önemli aşamadır. Eğer bunu başarabilirsek çözümün yarısı ceptedir. Diğer yarısı içinse ayrı ve özel bir çaba sarf etmek gerekebilir. Gazeteden kopardığım resmi götürüp çerçevelettim. Adam dedi ki, "Abi bu sanat eseri mi?" Dedim, "Yok, peynir bulaşmış."

"Mutluluk penceresi" diye adlandırdığım iddialı bir tezim var. Hayata bakış açısıyla bağlantılı olarak ortaya koyduğum bu teze göre, doğru pencereden hayata bakmayı başarabilirsek kısa mutluluk anlarını yakalayabiliriz. Oturduğum bodrum katının tavana yakın pencerelerinden biri kaldırım seviyesinde. Bazen sandalyeye çıkıyor, gelen geçeni izliyorum Aslında niyetim bu değil. Pencereden Mehtap'ın çalıştığı marketin kapısını görebiliyorum. Akşamları iş çıkış saatinde azıcık da olsa onu görmek iyi geliyor. Artık markete gidemiyorum çünkü bana dedi ki, "Bir daha bana yaklaşırsan bacaklarını kırarım." Onun çıkış ânını beklerken kaldırımdan geçen etekli kadınlara alttan bakmamaya dikkat ediyorum. Bu bakış açısı bize yakışmaz. Yanlışlıkla azıcık bakmışsam da bunun bir çeşit terbiyesizlik olduğunu kabul etmek zorundayız.

Mehtap'ın ne diye bu kadar kızdığını gerçekten anlayabilmiş değilim. Alışverişten sonra kasaya yanaşmış, çerçevelettiğim resmi uzatıp, "Benden küçük bir hediye," demiştim. Gözleri fal taşı gibi açıldı ve bağırır gibi "Bu ne?" dedi. "İnşaatta, üstünde yemek yerken peynir bulaştı, orijinal haliyle çerçevelettim," diye cevap verdim ama beni dinlediğini sanmıyorum. Güvenliği çağırıp beni dışarı attırdı. Yok sapıkmışım, yok takıntılıymışım. Yemediğim laf kalmadı. Artık kabul ediyorum ki ben kur yapmayı bilmiyorum. Gidip doğrudan konuşmayı düşünüyorum ama beni görür görmez bağırır diye korkuyorum.

Bazen kendime diyorum ki, oğlum Muttalip, sen bu hayata boş geldin, boş gideceksin. Bazen de kendime haksızlık yaptığıma inanıp tam tersini düşünüyorum, diyorum ki mal geldin, mal gideceksin. Uçlarda savrulup duruyorum yani.

Her şey niye bu kadar zor ki, bir ben mi anlamıyorum? Karnını doyurmak, başını sokacak bir ev bulmak, sevişmek... Bir yerde terslik var, kocaman bir yanlış var gibime geliyor. Kızlar işçilere iyi davransa, inşaatçılara ama, özellikle kartonpiyercilere... Mehtap bana iyi davransa...

Tüm cesaretimi topladım, pek çok şeyi göze alarak akşam tam kapanış saatinde, marketin kapısında elimde bir demet nergisle dikildim. İlk anda ürker gibi oldu. Çiçekleri uzatıp "Özür dilerim," dedim. Kaygıyla uzanıp demeti elimden aldı. Bir süre birbirimize baktık, ben kızardığımın farkındaydım ama o da kızarmıştı. "Benim adım Muttalip," dedim, "Ramazan değil. İsmimi sevmediğimden öyle yapmıştım." Hafiften gülümsedi. "Üzdüysem özür dilerim," dedim. "Problem değil. Ben de çok abarttım galiba," dedi. "Hem, isminden niye utanıyorsun ki? Fransız ismi olacak değil ya," dedi. O anda aklıma bir espri geldi ve inşallah kadınlar gerçekten de kendilerini güldüren erkeklerden hoşlanıyordur diye umut ederek tekrar elimi uzattım. "O halde asıl adımı açıklıyorum. Benim gerçek adım Piyer ve ben aslen Parisliyim," dedim. Mehtap bir an afalladı, "Piyer mi?" dedi. "Evet," dedim, "Piyer. Karton Piyer."

Gerçekten işe yaradı.

Uçurum

İyi Hemşire beyaz Sabo terliklerini sürüye sürüye hasta koğuşundan içeri girdiğinde Vedat battaniyesinin altına girip uyuyormuş gibi yaptı. Üç aydır sabah, öğlen, akşam her gün aynı şey bire bir tekrarlanıyor: hemşireler gelip hastalara ilaçlarını içiriyor, sonrasında Doktor Süheyl muayene için koğuşları tek tek geziyor.

Koğuştaki diğer beş hasta ilaçları ya korkudan ya da ne yaptığının farkında olmaksızın sakince yutarken Vedat'ı ilaçları yutmaya ikna etmek her seferinde büyük bir sorun oluyor, hemşireler türlü yöntemler deneyerek bu işin üstesinden güçlükle geliyorlardı. Bu kadar zorlayıp Vedat'a hasta muamelesi yapmasalar ilaçları hiç zorluk çıkarmadan seve seve yutardı belki de. Vedat'ın yana yakıla anlatmaya çalıştığı, ancak doktoru da hemşireleri de ikna edemediği şey, hasta olmadığıydı. Kendisine kalsa onu hasta eden tam da bu ilaçlardı. İlaçları aldıktan sonra sağlıklı düşünemiyor, hayaller görmeye başlıyor, halsiz, bitkin ve uykulu bir halde yatağa gömülüp kalıyordu. Oysa ilaçların etkisi azalır azalmaz gerçek hayata dönüyor, boş yere hastanede yattığını, eşinin ve oğlunun evde merak içinde kendisini beklediğini, işlerinin aksadığını, mutlaka ve acilen eve dönmesi gerektiğini nafile yere anlatmaya çalışıyordu. "Ben hasta değilim, akıl hastası hiç değilim. Çok büyük bir yanlışın içindesiniz, lütfen bu rezalete derhal son verin. Yaptığınız suçtur, beni burada zorla tutamazsınız," demesi de, yalvarması da, tehditler savurması da para etmiyordu. Kapatıldığı akıl hastanesinin bir hapishaneden farklı olmadığını fark ettiğinden beri kaçma girişimlerinde de bulunmuş ama başarılı olamamıştı.

Koğuştaki beş hasta bariz şekilde delilik belirtileri gösterirken Vedat çıldırmamak, kim olduğunu unutmamak için gün boyunca hafızasını diri tutmaya çalışıyor, hatıralarını yad ederek oradan aklı başında çıkacağı günü bekliyordu. Bunca saçmalık içinde kafasına takılan tek şey karısının bir defa bile ziyaretine gelmemiş olmasıydı. Bunun da tek açıklaması olabilirdi: Zeliş'in olup bitenden haberi yoktu, o ve diğerleri haber alamadıkları için her yerde kendisini arıyorlardı. Mutlaka böyle olmuştu. Yoksa Sidar'ı elinden tutar her gün ziyaretine gelir ya da bu saçmalığa bir son verip aynı gün çıkarırdı onu bu tımarhaneden. Ancak ne telefona ne de mektuba izin vardı, hapisten beter bir yerdi burası. Yoksa bu bir komplo muydu? Ama bir matbaa ustasına kim, ne diye komplo kursun ki? Hayır, bir yanlışlık olmalıydı. "Başkasıyla karıştırdılar beni, kesin böyle oldu," deyip duruyordu. İşin kötüsü, buraya nasıl geldiğini de bir türlü hatırlamıyordu; gözünü açtığında koğuştaydı, elleri ve ayaklarından deri kemerlerle yatağa bağlanmıştı. Birileri onu çıldırtmak, daha beteri belki de öldürmek istiyordu. Peki, ne diye bir iğneyle öldürmüyorlar da her gün tedavi adı altında beynini uyuşturan ilaçlardan zorla veriyorlardı? "Kim bana bu kötülüğü yapabilir?" Yanıtını bir türlü bulamadığı soruydu bu. Ama kime yaptıracaklarını az çok kestirebiliyordu: Kötü Hemşireye.

Koğuşta hastalarla ilgilenen üç hemşireden ilgisiz, soğuk, ama güzel olana İyi Hemşire adını takmıştı. İlaç içirirken ağzını zorla açmaya çalışan, olmadı ellerini tokatlayan, kaba saba konuşana Kötü Hemşire, koğuşa girdiği andan çıktığı ana kadar küfürlü konuşup ilaçları boğazına tıkıştıran ucubeye de Çirkin Hemşire diyordu. İyi, Kötü, Çirkin arasında illa ki bir tercih yapacak olsa elbette İyi Hemşireyi seçerdi. Ancak o da gel gör ki üç günde bir geliyordu nöbete. Vedat'ı anlayışla karşılayan tek personel İyi Hemşireydi. Hiç değilse onu sakince dinliyor, anlamaya çalışıyor, bazen ikna olmuş gibi bakıyor, hatta tatlı diliyle Zeliş'e haber uçuracakmış gibi konuşuyordu. Hastabakıcılar, temizlikçiler, Süheyl denen doktor bozuntusu dahil diğer tüm personel ise kendisine deliymiş gibi davranıyordu; bu da Vedat'ı hakikaten delirtiyordu. Bu çağda nasıl olur da böylesi bir zorbalığı yapabiliyorlardı? Şehrin ortasında onu kaçırıp buraya hapsetmelerini aklı almıyor, ama kimseyi de bu hukuksuzluğa inandıramıyordu.

En nefret ettiği şey temizlik yaparken kullandıkları lasonil kokusu ile ilaç kokusuydu. Yastığı, battaniyesi, yatağı, pijamaları, elleri, yemekler, koğuş, hastane, hemşireler, herkes, her şey aynı şekilde iğrenç kokuyordu. İlaç ve lasonil kokusu bu binanın her santimetrekaresine bir daha çıkmamak üzere sinmiş, içine işlemiş gibiydi.

Bazen parmaklıklı pencereden üç kat aşağıdaki bahçeyi seyreder, kışın soğuk havayı ürpererek de olsa içine çekerdi. Personele yakalanma pahasına arada bir pencerenin kenarına dikilir, hava almaya, dolaşmaya çıkarılan hastalara imrenerek bakardı.

Üç ayda kendisini bir defa bile bahçeye çıkarmamışlardı. Birlikte kaldığı beş arkadaşı da aynı şekilde koğuştan dışarıya adımını atmamıştı. Ağır hasta muamelesi görmek Vedat'a en çok koyan şeydi. "Ne ağırı, hasta bile değilim," deyip duruyordu ama, ne dinleyen vardı onu ne de anlayan.

"Ah, Zeliş'e bir haber uçurabilsem. Ne çok korkmuştur, aklı uçmuştur şimdi. Kolay mı, üç ay kocandan haber alamamışsın! Sidar daha küçük, ne olduğunun pek farkında değildir. Doğru dürüst akraba da yok. Arkadaş desen bir tane vefalısı da gelmiyor ki aklıma. Koca İstanbul'da bir başına çırpınıp duruyordur Zeliş'im. Şu kokuya da alışamadım. Deli değilsem de delireceğim burada." Battaniyenin altında bunları düşünürken İyi Hemşire tatlı sesiyle "Hadi bakalım Atakan, ilaç zamanı," dedi. "Ha, bir de bu var," diye düşündü Vedat. "Israrla Atakan diyorlar bana. Vedat olduğuma, buraya yanlış kişiyi kapattıklarına da ikna edemiyorum onları." İyi Hemşireyi fazlaca yormadan ilaçlarını yuttu. Birazdan mayışmaya, uyuşmaya başlarım, diye aklından geçirirken hemşire diğer hastaların da ilaçlarını verip koğuştan çıktı. Ortalığın güvenli olduğundan emin olunca yatağının altına gizlediği defteri dikkatle çıkarıp kaldığı yerden okumaya başladı. Az sonra gözlerinin kendiliğinden kapanacağını bildiğinden uyumadan önce defteri mutlaka yatağın altına saklardı. Yakalanırsa muhakkak elinden alırlardı.

Buraya kapatıldığının ikinci ayında etajerin alt çekmecesinde, arka tarafta tesadüfen bulmuştu defteri. Önce ne olduğunu anlamamış, siyah deri kaplı bu küçük defterin hastaneye ait olduğunu düşünüp tekrar yerine bırakmış, ancak merakına yenilip okumaya başlayınca bunun bir günlük ya da hatıra defteri olduğunu anlamıştı. Muhtemelen ondan önce bu yatakta yatmış hastalardan birine aitti. Kim bilir, belki o da kendisi gibi boş yere yatırılmış biriydi ve hafızasını diri tutmak için anılarını bu deftere yazmıştı. Daha ilk sayfadan merakı iyice kabarmıştı; fırsat bulduğu ve aklı başında olduğu anlarda çıkarıp çıkarıp okuyordu. En fazla iki üç sayfa okuduktan sonra uyku bastırıyor, o zaman da defteri yatağın altına sıkıştırıp dalıyordu. Yazılanlardan çok fazla şey anlamasa da ilgisi, merakı her seferinde artıyordu. Yazan kişi ismini belirtmemişti ama erkek koğuşunda bulunduğuna göre bir erkek yazmış olmalıydı bunları.

Kendi dünyalarına gömülen koğuş arkadaşlarına bir defa daha göz attıktan sonra kaldığı yerden okumaya başladı:

Bir ara rüzgar çadırımı uçuracak sandım. Neyse ki esinti çok geçmeden hafifledi ama arkasından şiddetli bir yağmur başladı. Çadırı kurduğum yer göle dönüp içeriye su sızmaya başlayınca aceleyle tüm eşyalarımı toplayıp çantaya yerleştirdim. Bir elimde uyku tulumu, diğerinde çantamla çadırın içinde saatlerce ayakta, yağmurun dinmesini bekledim. Bu arada bileklerime kadar su içinde kaldım. Ne çadır kurmayı ne dağcılığı ne de kamp yapmayı bilirim. Bu yüzden, karanlıkta derme çatma kurmaya çalıştığım çadırın işe yaramasını beklemek benim için fanteziden farksızdı.

Gece yarısından sonra yağmur durdu, kesif bir toprak ve kurumuş yaprak kokusu geldi burnuma. Çadırı nispeten sert bir zemine yeniden kurdum. Eskisinden daha iyi oldu. Gökyüzü kapalı, arada bir çakan şimşekler birkaç saniyeliğine etrafı aydınlatıyor. Bin yüz metrede falan olmalıyım. Yoğun çalılıklar dışında tek tük bodur ağaçlar var. El fenerim var olmasına var ama kullanmamaya kararlıyım. Niyetim bu geceyi ıssız bir dağın başında karanlıkta geçirmek, gün boyu bunun için tırmandım. Alışkın olmadığımdan bütün vücudum sızlıyor, en çok da tabanlarım. Uykum var ama uyumayacağım. Akşam bir kutu barbunya konservesi açıp biraz yedim. Termosumda bir kupa kadar kahve kaldı; soğumuştur ama olsun, birazdan içmeyi düşünüyorum.

Tüm bunları küçük çadırımın içinde, zifiri karanlıkta, soğuktan titreyerek yazıyorum. Satırları el yordamıyla ayarlamaya çalışıyorum. Umarım yazdıklarımı okuyabilirsin çünkü başka fırsatım olmayacak.

"Yaşamak uzun süren bir intihardır," demiş birisi; benimki de bu sıralar tıpkı öyle işte. Fuzuli saatler, fuzuli günler, gereksiz yere yaşanmış aylar, yıllar... Bilmem kaç trilyon canlıdan biri olarak nefes alıp vermek artık heyecan vermiyor bana. Uzunca bir süre tutunacak bir dal aradım, bir bahane, bir gerekçe; kendimi kandırmaya yetecek kadarını bulamadım. Olmadı, olmuyor. Şimdi bu ıssız ve soğuk dağ başında ne kadar huzurluyum bilemezsin. Sonunda bir karara varmanın ruhumu hafiflettiğini gördüm, demek ki doğru yoldayım. Kendimi burada koyversem saatlerce deliksiz uyuyabilirim. Bir damla uyku için kıvranıp durduğum gecelere inat bu gece de ben uykuyu kıvrandıracağım. Bana hep, "Çok sakin uyuyorsun," derdin. "Ölü gibi hareketsiz." Nefes alışverişlerim bile zar zor fark ediliyormuş. "İyi ya," derdim ben de. "Horlayan, dönüp duran biri olsaydım ne yapardın?" "Olsun, ben yine de bu kadar sakin uyuyabilmenden hoşlanmıyorum; gamsız, umursamaz ve çok bencil görünüyorsun o anlarda." Böyle derdin. Gülerdik. Dediğinde gerçek payı olduğunu ikimiz de bilirdik. Gamsızdım, dünya umurumda değildi; yazılarımda tüm insanlığa karşı kutsal sorumluluğumu yerine getirdiğime öylesine inanırdım ki insanlığa hak ettiğinden fazlasını vermişim de herkes bana borçluymuş gibi hissederdim. Ne kadar doğru düşündüğümü ve haklı olduğumu şimdi daha iyi anlıyorum. Bok çukurunda debelenen bir insanlığa layık olduğundan çok fazlasını vermişim. Sen gittikten sonra uykularım bozuldu, altüst oldu. Bir gece kendimi videoya çektim, nasıl uyuyo-

rum göreyim diye. İzlemeni çok isterdim, tam da istediğin gibi; çok gamlıydım, bir şeyleri fazlasıyla umursuyor ve adeta yatakla, yastıkla kavga ediyordum. Burada olsaydın da görseydin diyeceğim ama burada olsaydın yine sakin sakin uyurdum, göremezdin.

Uyandığında vakit gece yarısıydı. Koğuşun ışıkları kapatılmıştı, koridorun ışığı kapının altından içeri sızıyordu. Eliyle defteri yokladı, neyse ki yatağın altındaydı. Demek yine son anda, uykuya dalmadan saklamayı başarmıştı. Bir süre horultuları dinledi, duvardaki saate bakıp kaç olduğunu görmeye çalıştı. İkiyi on beş geçiyordu. Zeliş'i, Sidar'ı düşündü, gözleri yaşardı. Yüzlerini bile hatırlamakta zorlanıyordu artık. Bu esaret durumunu kabullenmek, çaresizce akıbetini beklemek onuruna dokunuyordu. Sürekli kaçış planları yapıp duruyordu ama işte halen buradaydı. Yine de bir yolu olmalıydı, yüksek güvenlikli hapishane değildi ya burası! Yataktan inip terliklerini giydi, sessizce kapıyı aralayıp koridorun iki tarafını da kontrol etti. Kimsenin olmadığından emin olunca merdivenlere doğru yürüdü. Belki de en iyisi hiç plan yapmadan öylesine çıkıp gitmekti. Merdivenin başına vardığında kalp atışları hızlandı, ilk aşamayı geçmişti. Eğer herkes uyuyorsa aşağı inip kapıyı açacak, elini kolunu sallayarak bahçe duvarına ulaşacak, bir şekilde duvarı aşarak özgürlüğüne kavuşacaktı. Bu kadar kolay olabilir miydi? Olmaması için bir neden yok, diye düşündü. Daha bir kat inmeden aşağıdan ayak sesleri duydu, birileri yukarı çıkıyordu, saklanacak yer de yoktu, hızla yukarı koşmaya başladı. Merdivenin başına ulaştığında kat görevlisi hastabakıcı Hasan ile burun buruna geldi. Ellerini göğsünde kavuşturmuş sakince onu izliyordu adam. Tok sesiyle, "Olmuyo ama Atakan Bey, her akşam her akşam aynı şeyle uğraştırıyon bizi. İlla yatağa mı bağlayalım seni," dedi.

Vedat şaşkınca, "Ne her akşamı, ilk defa çıkıp yürüyorum, biraz hava almak istedim, ne var yani," diyebildi. Beriki, "Bak hocam, her akşam aynı şeyi yapıyon. Sonra da unutuyon. Bütün koridorlarda kamera var, şimdi lütfen yatağına, hemen!" deyince Vedat boynunu büktü, ayaklarını sürüyerek koğuşuna doğru ilerledi.

"Yalan söylüyorlar," diye düşündü, "Deli olduğuma inandırmak istiyorlar beni, hepsi işbirliği içinde, tek dertleri beni çıldırtmak ya da öldürmek. Ama yok öyle yağma, sağ salim çıkacağım buradan. Sizden de bunun hesabını soracağım." Aklından geçenlere rağmen yatağına uzanınca birden koyu bir umutsuzluğa kapıldı. Defteri çıkarıp okumayı düşündü ancak ışığı yakmalarına izin vermezlerdi. Karanlık bir çölde yolunu kaybetmiş gibi dönüp dururken uykuya daldı.

Sabah Çirkin Hemşirenin sesiyle irkilerek uyandı. Geceden kalan kara sis yüreğinin üstüne oturmuştu. İtiraz etmeden ilaçlarını aldı, az sonra da Doktor Süheyl koğuşa teşrif etti! İlk kendisiyle ilgilenip muayene etti; nabzına baktı, eliyle ateşini yokladı. Sigaradan çatallaşmış sesiyle, "Bugün kendinizi nasıl hissediyorsunuz, Atakan Bey?" diye sorunca Vedat sırtını dönüp cevap vermemeyi düşündü, sonra vazgeçti, bir işe yaramayacaktı bu. "Adım Vedat, Doktor Bey, bunu teyit etmeniz ya da kabul etmeniz zor olmasa gerek. Yaptığınız yanlışlığı anlamanız halinde kendimi çok daha iyi hissedeceğim," diye cevapladı. Doktor bir süre Vedat'ın gözlerinin içine baktı, sonra "Peki, en küçük bir şey hatırlarsanız oradan konuşmaya başlarız," dedi, diğer bir hastaya seğirtti. Vedat hayretle, nefretle, korkuyla doktoru izliyor, "Neyi hatırlamam gerekiyor?" diye sormamak için kendini zor tutuyordu. Bunu sormak bile hasta olduğunu kabullenmek anlamına gelecekti. "Bu oyuna alet olmayacağım," diye geçirdi içinden. Birkaç dakika sonra günlük rutin tamamlanmış, gelenler çıkmış, koğuşta sadece hastalar kalmıştı. Mayışmadan hemen önce defterden birkaç sayfa daha okumak için elini yatağın altına uzattı. Neyse ki kaldığı yeri sayfanın köşesini kıvırarak işaretlemişti. Tekrar okumaya başladı:

Çadırın içinden güneşin ilk ışıklarını fark edebiliyorum. İlk geceyi biraz olaylı da olsa atlatmayı başardım. Çadırdan çıkıp etrafı kolaçan ediyorum, börtü böcek sesleri dışında bir canlılık belirtisi yok. Hava halen soğuk. Önümde daha 13 gün var. Bu geceden itibaren çadırı iptal ediyorum, birazdan toplayıp tüm yiyecek ve içeceklerle birlikte toprağa gömecek, sonra uçurumdan aşağı ineceğim, sizin kurtarılmayı beklediğiniz yere. Tam bir gün bir gece boyunca yardım gelmesini beklediğiniz yere. Birbirinize sarılıp inleyerek, çaresizce, umutsuzca beni beklediğiniz yere.

Çadırı ve artanları gömmek zor olmadı ama yuvarlanmadan uçurumdan inmek bir hayli güçtü. Nihayet vardım. Kazadan kalan izler halen olduğu gibi duruyor; cam kırıkları, tampon parçaları, açık renk toprakta kan izlerine benzeyen koyu lekeler... Yamaca sırtüstü uzanıyorum, vadi o kadar derin ki gökyüzünün bile çok azı görülebiliyor. Etraf kayalık, küçük çalılar var. Her tarafta öbek öbek sinekler uçuşup duruyor, az sonra etrafımı sarıyorlar. Çok rahatsız edici ama kovmuyorum sinekleri. 13 gün sonra ölüm yıldönümünüz. Tam bir yıl olacak. O güne kadar aç susuz burada öylece oturmayı, uzanmayı planlıyorum. Yıldönümünüze kadar hayatta kalmaya çalışacağım. Araştırdım, aç susuz 8 ila 13 gün dayanılabiliyormuş. Öleceksem sizinle aynı gün olmalı, denk getiremezsem de sorun edemem nasılsa.

Çok denedim inan ki, intiharın her türlüsünü planladım, ama intihar kolay bir ölüm şekli olurdu, vazgeçtim. En son buna karar verdim. Arkadaşlarım, ailem tedavi için çok sıkıştırdılar, hiçbirini dinlemedim. Yapabildiğim tek düzgün şeyi yaparak yani yazarak, deneyimlerimi, pişmanlıklarımı, hatalarımı miras bırakarak, tam da burada, açlıktan susuzluktan kıvranarak ölmeye karar verdim. Bu yazdıklarımı belki birileri bulup okur da ölümüm bir boka yarar diye umuyorum. Başkaca bir niyetim yok; acı çekerek ölmek, hepsi bu.

Vedat uyandığında uykuya daldığı ânı yine hatırlamıyordu, eli kendiliğinden yatağın altına gitti, defter yerindeydi. Ancak son okudukları dışında pek bir şey anımsamadığını fark edince garipsedi, ilaçların etkisi diye düşündü. Hatırlayabilmek için ilk sayfadan itibaren defteri hızlıca okumaya çalıştıysa da sanki ilk defa okuduğu hissine kapıldı. Emin olamadı: Okumuş olsaydı hatırlamaz mıydı? Fazla da üstünde durmadan, bir kez daha en baştan, hızlı bir okumaya girişti. Çünkü az sonra hemşirelerden biri ilaçlarını vermek için odaya dalacaktı. Telaşla okumaya çabalarken hiçbir şey anlamadığını, kafasının başka yerde olduğunu biliyor, ama buna takılmamaya, bu düşünceyi kafasından atmaya uğraşıyordu. Zaten zor okunan elyazısına yoğunlaşmaya çalışsa da nafile, aklı başka yerdeydi. Cevabından korktuğu sorudan bir türlü kaçamıyordu. Çivi gibi beynine saplanmış, giderek daha fazla acı veren o soru. Acaba unuttuğu başka şeyler de var mıydı? Buraya yatırılmasının nedeni unutkanlık mıydı? Hayır, olamazdı; nitekim Zeliş'i, Sidar'ı hatırlıyordu, sadece yüzlerini tam anımsamıyordu. O da ilaçların etkisinden olmalıydı. Başka şeyler hatırlamaya çalıştı; annesini, babasını, gençliğini, arkadaşlarını, evini... Bir anda bütün vücudu buz kesti, hiçbirini hatırlamıyordu.

O esnada Çirkin Hemşire elinde tepsiyle içeri girdi, telaşla defteri battaniyenin altına sakladı. Hemşire fark etmemişti. Önce ilaçları almamayı düşündü, ancak olay çıkarırsa defteri bulabilecekleri geçti aklından. İtirazsız aldı ilaçları. Artık emindi, bu ilaçlar hafızasındaki her şeyi parça parça siliyordu. Bir yolunu bulup ilaçlardan kurtulmalı, her şeyi yeniden hatırlamalıydı. Belki o zaman bu muammayı çözebilir, buradan çıkmanın bir yolunu bulabilirdi. Hemşire işini bitirip çıkınca hemen tuvalete girdi Vedat. Fazlaca gürültü yapmamaya dikkat ederek parmağını boğazına sokup kustu. Rahatlayıp yatağına döndü. Birkaç dakika sonra yemek dağıtılacaktı, durumu fark etmesinler diye olabildiğince uyuşuk görünmeye çalıştı. Yemekten sonra da uyur gibi yaparak ortalığın iyice sakinleşmesini bekledi. Horultular başlayınca hemen deftere uzandı. Yine en baştan okumaya girişti. Akşam ilaç için hemşire koğuşa girdiğinde son okuduğu yere kadar gelmişti. İlaçları itiraz etmeden aldı, hemen sonrasında tekrar tuvalete giderek kustu. Bu sefer defteri gece boyunca okuyup bitirmekte kararlıydı. Kaldığı yerden devam etti:

Uzandığım yerden görebildiğim kadarıyla vadiyi inceliyorum. Burası size mezar oldu. O anlarda neler hissetmiş olabileceğini anlamaya çalışıyorum. Korkuyor muydun? Üzgün, kızgın, kırgın mıydın? Acı mı çekiyordun sadece? Arabanın içinde, sıkışıp kaldığınız yerden kurtulmaya mı çalışıyordun? Bunu başaracak gücün kalmış mıydı? İkiniz de yaralıydınız, kan kaybediyordunuz. Yaralarınızı sarmaya çalışmışsın. Gömleğinin bir parçası eğreti bir şekilde oğlumuzun kafasına sarılıydı. Ancak bu kadarını yapabilmişsin. Kendi bacağına da turnike yapmaya çalışmışsın. Takatin yoktu belki ya da hareket edemiyordun. En fazla, oğlumuzu arka koltuktan birazcık çekip yakınına alabilmişsin. Bağırabildin mi, ağladın mı çok? Sesin kısılıncaya kadar yardım istemişsindir mutlaka. Beni çağırdın mı?

Biliyor musun, ben ağlamıyorum artık. Burada şu anda kendimi çok iyi hissediyorum. Bunu daha en başta yapmadığım için pişmanım sadece. Vadi çok derin, telefon çekmiyor burada. Zaten araba uçuruma yuvarlanırken telefonun yukarıda bir yerde fırlayıp düşmüş. Morgda bana teslim edilirken eşyalarınız arasındaydı telefonun. Makyaj malzemelerin, cüzdanın, kıyafetleriniz, oğlumuzun kanlı minik çorapları…

Vedat son cümlenin devamını okuyamadan sıtmaya tutulmuş gibi yattığı yerde titremeye, sonra terlemeye, nefes almakta zorlanmaya başladı. Var gücüyle defteri duvara doğru fırlatıp avazı çıktığı kadar bağırdı. Diğer hastalar buna kimi battaniyesini başına çekerek, kimi bağırarak, kimi de içli içli ağlayarak tepki verdiler. Vedat ise koğuşun ortasında dikilmiş, pijamasını parçalamaya, saçını yolmaya çalışıyor, kah yerde yuvarlanıyor kah kafasını duvara sertçe vuruyor, bu arada ağza alınmaz küfürler savuruyordu. Hastabakıcılar, hemşireler ve hastane güvenliği telaşla koşup koğuştan içeri daldılar. İki kişi Vedat'ı kollarından kavrayıp zapt etmeye çalışırken bir hemşire boynundan enjeksiyon yaptı. Vedat'ın gözbebekleri büyüdü, bedeni gevşedi, kendini hastabakıcıların kollarına bıraktı.

Gözüne vuran parlak ışıkla uyandığında yataktan doğrulmaya çalıştı ama hareket edemiyordu, başını bile oynatmakta zorlandığını anlayınca gözlerini iyice açıp nerede olduğunu görmek istedi. Yine deri kemerlerle yatağa bağlıydı. Doktor Süheyl küçük bir el feneriyle gözlerini muayene ediyordu. Babacan bir tavırla sordu: "Beni duyabiliyor musunuz, Atakan Bey? Kendinizi nasıl hissediyorsunuz, daha mı iyisiniz?" Vedat uysalca başını evet anlamında salladı. Doktor "Sanırım ilaçları yutmamış veya kusmuşsunuz. O nedenle yeni bir atak geçirdiniz.

Sizinle bu konuda anlaştığımızı sanıyordum, bir daha ilaçları kusmayacaktınız. Yine sözünüzde durmadınız. Şimdi sizi çözeceğiz. Yemeğinizi yiyip biraz dinlenin, sonra odamda sohbet ederiz," dedikten sonra müdahale odasından çıktı. Vedat'ı çözdüler, koluna girerek koğuşa götürdüler. Hastalar yataklarından tedirgin bakışlarla Vedat'ı seyrediyorlardı. Bir tepside yemeğini getirdiler. Gün çoktan dönmüştü. Vedat gece boyunca baygın yatmış, öğlene kadar da kendine gelememişti.

Olup biteni artık anlayamıyordu. Zaman kavramını yitirmişti, her şeyi birbirine karıştırıyordu. Doktorun söylediklerinden de hiçbir şey anlamamıştı. Ne ilaç aldığını ne de kustuğunu hatırlıyordu. Üstelik doktora kalsa bunu daha önce de yapmıştı. Aklını yitirdiğini kabul etmek istemese de bir şeylerin ters gittiğini anlayabiliyordu. Peki deliler deliliklerinin farkında olurlar mı? "Ben farkındaysam deli değilim, deliysem bunları nasıl düşünebiliyorum?" diye geçirdi aklından. Nöbeti devralan Kötü Hemşire koğuşa gelip doktorun kendisini beklediğini söyledi. Kadın, doktor odasına kadar Vedat'a eşlik etti, kapıyı tıklattı, birlikte içeri girdiler. Doktor, "Bizi yalnız bırakın, hemşire hanım," deyince gönülsüzce çıktı odadan. Vedat, doktor masasının önündeki koltuğa oturur oturmaz Süheyl'in elinin altındaki siyah deri kaplı defteri gördü. Bunu hatırlıyordu elbette, son okuduklarını da. Defteri fırlatıp attığını da anımsadı. Bulmuşlardı demek. Neyse, yapacak bir şey yok, suç değil ya, diye düşündü.

Doktor defteri alıp ayağa kalktı, deri kaplı nesneyi avucuna vura vura odada bir ileri bir geri yürüdü. Düşünceli bir hali vardı, belki de nereden başlayacağını kuruyordu kafasında. Nihayet gelip Vedat'ın karşısındaki koltuğa oturdu, defteri sehpanın üstüne fırlattı. Vedat gözünü defterden alamıyordu; nefes alışverişi giderek düzensizleşiyor, yeni bir atak geçireceğini düşünerek telaşlanıyordu. Doktor son derece yumuşak bir sesle sordu: "Bunu okudunuz, değil mi Atakan Bey?" Vedat gözü defterde, başını evet anlamında salladı. "Peki, içindekileri hatırlıyor musunuz?" Vedat hemen, "Hayır, okuduklarımı hemen unutuyorum... Sadece son sayfalar kalmış aklımda," diye ürkek bir sesle cevap verdi. "Anlıyorum," dedi doktor. "Bu defter sizin, Atakan Bey, sizin yazınız bu, sizin yaşadıklarınız." Vedat yutkundu, bunu duymaktan korksa da bekliyordu. Gözlerinden yaşlar süzülüp sehpaya damladı, eliyle gözlerini silip doktora baktı. "Hayır, hiçbirini hatırlamıyorum, bunlar doğru olamaz, yanılıyorsunuz. Lütfen artık bırakın beni, gideyim," dedi. Sesi yalvarır gibiydi. Doktor Süheyl ayağa kalktı, ellerini ceplerine sokarak odada birkaç tur attı. Sonra Vedat'ın arkasında durup elini dostça omuzuna koyarak, "Kabullenmeniz kolay değil, biliyorum ama gerçekle yüzleşmeden iyileşmeniz de mümkün değil, Atakan Bey," dedi. Sonra bir yandan volta atarken bir yandan da konuşmasına devam etti: "Sizi o vadinin dibinde bulduklarında susuzluktan ve açlıktan ölmek üzereydiniz. Tam on dört günü o şekilde geçirmişsiniz. Kurtulmanız bir mucizeydi, dağ yürüyüşüne çıkan bir grup sizi orada tesadüfen bulmuş. İki aya yakın hastanede fizik tedavi gördünüz, bedeniniz toparlandı ama ruhunuz için aynı şeyi söyleyemem. Sonra sizi buraya gönderdiler; biz de yedi aydır sizin için elimizden geleni yapıyoruz. İyileşme belirtileri gösterdiğiniz zamanlar da oldu, daha kötüleştiğiniz anlar da. Vadide sizi bulduklarında bu defter yanınızdaymış, altıncı günden sonra yazamamışsınız, ama yazdıklarınız bile çok şey anlatıyor. Doktor arkadaşlarla defalarca üstünde tartıştık ve en son sizin de okumanızın tedaviniz açısından yararlı olacağına karar verdik. O günden beri bu defteri dört defa okudunuz, Atakan Bey. Travmalarınızla yüzleşip gerçeklik duygunuzu yeniden kazanmanız gerekiyor. Siz sevilen, büyük bir yazar, etkili bir gazetecisiniz. Herkes sizin iyileşip işinizin başına dönmenizi sabırsızlıkla bekliyor. Şimdi sizden şunu istiyorum: Ben odadan çıkacağım, siz bu defteri sakin kafayla baştan sona tekrar okuyacaksınız Bitince haber verin, sohbete kaldığımız yerden devam edelim. Anlaştık mı?" Vedat ellerini bacaklarının arasına sıkıştırmış, başı önünde ileri geri sallanırken mırıldanır gibi, "Tamam, olur," diyebildi.

Doktor, elini Vedat'ın omzuna pat pat vurup "Oldu o zaman. Birazdan görüşürüz," dedi, odadan çıktı. Vedat, titreyen eliyle deftere uzandı, gözlerini yumup başını tavana çevirdi, sonra açıp en baştan hızlıca okudu, en son kaldığı yere geldi.

"Yaşamak nefes alıp vermek değildir." Bunu ne çok söylerdin Zelal. Yaşadığımız her ânı özel kılmaya çalışırdın, ille de bir anlam katardın, ne yapar eder ikimize ait bir dünyanın hatıralarını yaratırdın; birikirdi ve yarınımızı da güzelleştiren sıcak anılara dönüşürdü onlar. Ben pek önemsemez, fark etmezdim bile bu bilinçli davranışlarını. Belki de tek tek notalar halindeyken duyamazdım, kavrayamazdım o müziği; sonra hepsi birleşir, muhteşem bir senfoniye dönüşürdü adeta. Neyi, niye yaptığını o zaman daha iyi anlar, büyülenirdim. Ben sabahları kahvaltıyı hızlı hızlı, ayaküstü atıştırarak geçiştirmeye çalışırdım mesela, sense her tabağı özenle hazırlar, omletin kenarına taze fesleğen yaprakları yerleştirirdin. Ben elime geçeni üstüme giyer, yalapşap giynmekte bir beis görmezdim; sense gömleğime yakışan ceketi zorla sırtıma geçirir, kendin de neşeyle süslenip öyle dışarı çıkardın; her an cıvıl cıvıl, kıpır kıpır görünürdün. Ben telaşla alelacele öpüşür, sevişirdim, sense sevişmelerimizi efsunlu bir ayine çevirirdin, aklım giderdi.

Ben toplumu çok umursamaz, yazılarımı yazar geçerdim; sense onca işinin arasında sendikaya uğrar, mitinge, yürüyüşe giderdin. Sen her şeyi çok güzel eylerdin Zelal ve ben sana her gün yeniden yeniden âşık olurdum.

Kıskanırdım seni, çok kıskanırdım, çaktırmazdım ama, erkeklik gururumu indirmezdim. Seni ne kadar sevdiğimi anlatabildim mi, gösterebildim mi? Hayır, bunu yapmadım, yapamadım. Kahrolası erkekliğimi aşıp da özgürce senin kollarına atılamadım. Belki de içten içe hissettin aşkımı, anladın beni. Oysa yapacaktım, ileride çok daha farklı bir adam olacaktım, zamanımız çok diye düşünüyordum Zelal. Yaşanacak koca bir ömür vardı önümüzde, bazı şeyleri ertelemenin ne zararı olabilirdi ki!

Sonra Sidar doğdu iki kişilik dünyamıza, üç olduk. Hamileliğinde ne çok üzdüm seni, sonradan çok utandım, kendime yakıştıramadım diyeceğim ama benim gibi birine çok da yakıştı aslında. Sidar'ın ilk bebeklik zamanlarında sudan bahaneler yaratıp evden uzaklaştım, sevmeden sevmeye gelip öpüp kokladım oğlumuzu. Yükü sana kaldı, keyfi bana. Sen gece yarılarına kadar Sidar'ı uyutmaya çalışıp bir damla uykuya hasret kalırken, ben barda arkadaşlarla çene çaldım. Yaptım Zelal, çok daha fenalarını yaptım. Kızdın, öfkelendin, çileden çıktın da beni sevmekten vazgeçmedim yine de; işte o zamanlar dövmekten beter ettin beni, kendime geldim. Ama önce sarsıldım, yıkıldım, çöktüm, lanet ettim kendime. Toparlanmam zaman aldı, başka biri olmaya karar verdim. Çok kararlıydım hem. Olmadım, olamadım Zelal, ben neysem oyum; ucuz, pespaye yaşayan yıldızlar içinde bir yazarım. Neyimi sevdin ki benim?

Bir hafta sonunu yaylada, dağ evinde, annenlerde geçirmeye karar verdik. Sen çok hevesliydin, "Hava alırız, değişiklik olur," dedin. Ben isteksizdim, yine de "Tamam," dedim. Cuma günü geceden gittik, yerleştik; annenler torunlarını çok özlemişler haliyle, baban çocuklar gibi şendi. Sabah sıkılacağımı hissettim, boğulacak gibi oldum; çocuk, aile ortamı, köy kahvaltısı... Kendimi şehre atacak bir bahane uydurdum, "Yayıncım acil bir konu var, hemen gelmen gerekiyor diye aradı," deyip sizi bırakıp çıktım, minibüsle şehre indim. İki gece üst üste barda arkadaşlarla sabaha kadar boş boş gevezelik yaptım. Bir defa bile seni aramadım, sen de aramadın. Pazar akşamı arayıp "Bizi almaya gelmiyor musun? Annem de babam da seni soruyor, doğru dürüst vedalaşmadan gittin üstelik," dedin; ben arkadaşlarla oturmuş, yeni içmeye başlamıştım. "Siz gelin ya, ben işlerimi bitiremedim, yeni kitap için gece yarılarına kadar çalışıyoruz, yoksa yetişmeyebilir, selam söyle sizinkilere," deyip telefonu kapattım. Bardan eve kaçta gittiğimi de, nasıl gittiğimi de hatırlamıyorum, sabaha doğru olmalı muhtemelen. Evde misiniz, değil misiniz, aklıma bile gelmedi. Salonda, kanepede sızıp kalmışım. Öğleden sonra kendime geldiğimde başım çatlayacak gibi ağrıyordu, bir kahve içtim, duş alıp dışarı çıktım. Önceki gece yaptığımız konuşmayı tümden unutmuştum. Seni aradım, ulaşılamıyordu. Çekmeyen bir yerdesindir, diye düşündüm. Yayınevine uğradım, biraz çene çaldık. Birkaç kişiye ayaküstü kitaplarımı imzaladım, selfi çektik. Akşama doğru tekrar seni aradım, yine ulaşılamıyordu. İlk o anda bir terslik olabileceği aklıma geldi. Anneni aradım, kasabada pazar tezgahının başında babanla beraber satış yapıyorlarmış, "Zelal dün akşamüzeri eve döndü ya," dedi. Başımdan aşağı kaynar sular boşaldı. Eve koştum, hiçbir şey düşünmemeye çalıştım; içeride, yatak odasında uyuduğunuzu biliyordum, öyle olmalıydı, başka ne olabilir ki?

Yoktunuz Zelal, sen de Sidar da yoktunuz. Gözlerim karardı, hızla çıkıp yayınevine koştum. Aydın Abinin arabasını alıp Uludağ'a, yaylaya doğru sürdüm. Yol boyunca sağa sola bakınarak ilerlerken tam da bu vadinin başında jandarma arabaları, vinç, ambulans... Yolu kesmişlerdi, indim, yalvar yakar güvenlik şeridini geçip uçurumun başına geldim. Sizi çıkarıyorlardı, senle oğlunu, bebeğini...

Ötesini çok fazla hatırlamıyorum Zelal, ya da hatırlamak istemiyorum.

...

Aradan bir ay falan geçmişti ki jandarma soruşturmasında yeni bilgilere ulaşıldı. Kazadan sonra cüzdanın, ufak tefek takıların kayıptı. Civar köyden bir adamda yakalandı bunlar. Adam jandarmada suçunu itiraf etti: Kamyonetiyle seni sıkıştırmış, paniklemişsin, sonra virajı alamayarak aşağı yuvarlanmışsınız. Adam kamyonetini durdurmuş, inip yanınıza gelmiş. Yaşıyormuşsunuz. Adamın söylediğine göre korkmuş, eşyaları alıp oradan uzaklaşmış. 20 saat sonra bulunduğunuzda artık hayatta değildiniz. Adam tutuklandı ama mahkemede her şeyi inkar etti, aklının yerinde olmadığını, eşyaları da pazardan satın aldığını söyledi. Adli Tıp'a sevk ettiler, ailesi iktidar partisindenmiş, araya adam falan koymuşlardır mutlaka, akli dengesi yerinde değil diye rapor geldi, serbest bıraktılar. İnan ki ölmeyi çok istedim Zelal, en az şu anki kadar çok istedim. Kısmet bu zamanaymış. Üç gün oldu buradayım, artık açlığı da susuzluğu da pek hissetmiyorum. Bütün vücudum giderek uyuşuyor, daha ne kadar yazabilirim, bilmiyorum. Ellerimi güçlükle oynatabiliyorum.

...

Bugün dördüncü gün, henüz ölmedim Zelal ve seni çok seviyorum.

...

Çok üzgünüm Zelal, çok üzgünüm minicik oğlum. Ama pişmanlık neye yarar ki? Bugün beşinci gün, daha iyiyim sanki.

...

Altıncı gündeyim sanırım. Kalemi oynatamıyorum artık. Burada yaralı halde ölümü beklerken neler hissettiğini anlamaya çalışıyorum ama nafile. Ben ölmeye çalışıyorum. Sense oğlunla, yavrunla birlikte yaşamaya çalışıyordun; aynı şey değil. Yaşamak nefes alıp vermek değildir Zelal, haklıydın, sonuna kadar. Seni seviyorum desem bir işe yarar mı ki ebedi aşkım!

Vedat son satırları okurken artık hüngür hüngür ağlıyordu, sesi dışardan da duyulunca doktor ve hastabakıcılar odaya girdiler. Süheyl, Vedat'ı sakinleştirmeye çalıştı ama boşuna; koluna iğne yapıp iki yanından tuttular, neredeyse sürükleyerek koğuşa götürdüler. Vedat hastabakıcılara yalvarır gibi bakarak güçlükle, "Ne olur bırakın beni, bırakın öleyim," dedi. Hastabakıcılardan genç olanı ne diyeceğini, ne yapacağını bilemeden kıdemli personelin gözlerine baktı. Deneyimli hastabakıcı Muhittin başıyla boş ver anlamında bir işaret yaptı. Genç personel Ercan dönüşte, "Bu hasta neyin nesi Muhittin Abi, özel biri galiba?" diye sorunca Muhittin, "Gel aslanım," dedi, "madem sen de artık ekiptensin, sırrımızı senle de paylaşalım. Yalnız ağzından kaçırır ya da yanlış bir şey yaparsan külahları değişiriz, ona göre ha!" Ercan yemin billahları peş peşe sıraladı, ardından bankonun arkasında karşılıklı oturup çaylarını doldurdular. Yasak olmasına rağmen Muhittin bir de sigara yaktı. Birkaç derin nefes çekip dumanını uzun uzun yere doğru üfledi. Bir an anlatmaktan vazgeçer gibi suskun kalınca Ercan Muhittin'e güven vermek için "Abi, bak Allah canımı alsın ki kimseye söylemem, merak etme. Hem ben de artık buranın sabit elemanıyım, bilmesem olmaz, değil mi?" diye ısrar etti. Anlatmaya zaten teşne olan Muhittin de sabırsızlıkla bekleyen Ercan'ın kulağına eğilip fısıldar gibi konuşmaya başladı.

"Bizim burada Zelal Hemşire diye dünya tatlısı, iyiden de iyi bir arkadaşımız vardı. Hastanenin sendika temsilcisiydi aynı zamanda. Hak hukuk bilir, hepimizi kollar, gözetirdi. Yaman kadındı. Geçen sene, beraberinde küçük oğlu, arabasıyla yayladan dönerken itin biri kamyonetiyle onu sıkıştırıp uçurumdan atıyor, yetmiyor, inip değerli eşyalarını alıyor, sonra onları orda yaralı halde bırakıp kaçıyor. Adamı bulup tutukladılar. Torpil morpil yapıp Adli Tıp'tan akli dengesi yerinde değil diye rapor aldırdı, iki ayda hapisten çıktı. Tabii madem ki akıl hastasıdır, tedavi olması lazım gelir, değil mi? Mahkeme heyeti de, olayda birçok şüpheli yön olduğu için ya da en azından ilahi adalet yerini bulsun diye, adamın tedavi için buraya sevkine karar verdi. Tabii adam getirildiğinde hepimiz kim olduğunu biliyorduk. O gün Doktor Süheyl Bey tüm ekibi topladı, planı anlattı. 'Bu adam buradan çıkamayacak, çıksa da aklını yitirmiş olacak,' dedi. Hepimiz sözbirliği yapıp yemin ettik. Ve Süheyl Bey farklı ilaçlar kullanarak adamı adım adım delirtti. Aslında adı Vedat, ama biz onu Atakan Bey olduğuna inandırıp karısını ve eşini kazada kaybetmiş gibi acı çeksin istiyoruz. Gerçekle bağ kurmaya başlayınca yeniden başa dönüp onu inandırıyoruz. Bunun için Atakan Bey'in kaza yerinde aç susuz intihar ederken yazıp geriye bıraktığı defterden de yararlanıyoruz tabii. Adam üç senedir burada, tehlikeli hasta diye rapor tutuyoruz, mahkeme de her seferinde kalmasına karar veriyor. İşte böyle aslanım, sen de bu sırra ortaksın, oyunun bir parçasısın artık, tamam mı?" Derin bir soluk aldı, sonra usulca ekledi: "Zelal Hemşire çok iyiydi çok, melek gibiydi yavrum."

Ercan'ın eli istemsizce cebindeki sigara paketine gitti, iki dal sigara çıkarıp birisini Muhittin'e verdi, diğerini dudaklarının arasına iliştirip yaktı. Birlikte sessizce sigaralarını içip bitirdikten sonra gene tek laf etmeden işlerinin başına döndüler.

Düriye'min Güğümleri

Özel dedektif olmaya karar verdiğimde maalesef elli dokuz yaşındaydım. Hoş, halen elli dokuz yaşındayım, mesleğe üç ay önce başladım.

Karım olacak Nezahat şıllığı, uçuk kırmızı rujunu sürerken aynadan bana yansıttığı her zamanki küçümser bakışı eşliğinde "Bok püsür işlerle ömür çürütmeseydin biz de Suat Beyler gibi şimdi emekliliğin tadını çıkarıyor olurduk," dediğinde benim için olay bitti, o saat evi terk ettim. Sözde hazırlanmış, Nezahat'in bacısının görümcesinin bilmem neyinin düğününe gidiyorduk. "Bok gidersin düğüne," deyip kapıyı çarptığım gibi çıktım. Sonradan duydum ki Nezahat kalkmış düğüne tek başına gitmiş. Şıkır şıkır, çatır çatır oynayıp kurtlarını da bir güzel dökmüş.

Yalnız, çeyrek altın bende kaldığı için takı takamamıştır diye düşünmüştüm ama sonra öğrendim ki evdeki tek altın olan altın kaplama kol düğmelerimi damada düğün hediyesi diye takmış. Vergi müfettişi olarak memuriyetteki yirmi beşinci yılımı alnımın akıyla doldurduğumda bizzat Bakanın elinden almıştım o düğmeleri. Adam kırmızı, kadife bir kutuyu salona göstere göstere elime tutuştururken Nezahat gözyaşlarını tutamamış, rimeli bile akmıştı. Törenden sonra "Üç kuruş maaşın yüzünden akmayan rimel alamıyorum. Doya doya ağlamak haram bana," diye çıkışmış, eve kadar da tek kelime etmemişti. Ev dediğim de İstanbul'da ha, törense Ankara'da oluyor. Yıllar sonra o düğmeleri bacısının görümcesinin bilmem neyine takacağını bilseydim Bakan Beyden rica eder, "Altın kaplama kol düğmeleri yerine altın kaplama patlıcan verseniz daha makbule geçer," derdim adama.

Bu yaşta tek başına yaşamak kolay değil; yine de idare ediyorum. Evi terk edince ilk üç gün otelde kaldım. Baktım maaş yetmeyecek, dayalı döşeli bir daire kiraladım. Yalnız, bodrum katta. Dairede bir kanepe, bir de yatak var. İkisi de birbirine dayalı. Dairenin "dayalı" kısmı buradan geliyor. Yerler de halıfleks döşeli. "Döşeli" kısmı da bu!

Bir oda, mutfak, banyo yetiyor bana. Ev sahibim yaşlı dul bir kadın; kocasıyla birlikte üst katımda oturuyor. Ben taşındığım gün duldu ama kayıp kocası akşamına bulununca öyle oldu işte. Evi tutarken kadın ne iş yaptığımı sorunca fiyakalı olsun diye "Emekli dedektifim," deyiverdim. "Allah gönderdi sizi beyefendi," dedi kadın. Üzülüyor muydu, işve mi yapıyordu, tam çözemediğim bir dudak büzme hareketiyle –kırmızı ruju bana Nezahat şıllığını hatırlatmıştı– "Kocam sabahtan beri kayıp. Aramadığımız yer kalmadı, ben de bu genç yaşta –altmış birindeymiş– dul kaldım vallaha. Sanki yer yarıldı da içine girdi, ne olur bir el atın. Polise de haber verdim ama nasıl olsa çıkar gelir deyip ilgilenmediler. Nurullah Bey asla böyle habersiz ortadan kaybolmazdı. Kesin başına bir şey geldi, kesin," diye bir çırpıda anlattı durumu.

İçimden "Nurullah da benim gibi evden kaçmıştır kesin," diye geçirirken kadın başını göğsüme dayayıp hüngür hüngür ağlamaya başladı. Kadını yatakta teselli etmem bir saat kadar sürdü. Bir saatin sonunda vazgeçtik, olmuyordu bir türlü. İkimiz de teselli bulamıyorduk. Yine de yatakta yan yana uzanıp birer sahte orgazm sigarası içtik. Bu arada aklıma bir şey geldi, kadına "Yer yarıldı da içine girdi sanki mi dedin?" diye sordum. "Evet," dedi kadın, "vallaha aynen öyle." "Şu kocanı bir tarif et bakayım," dedim. O uzun uzun tarif ederken giyinip hızla evden çıktım.

Öğlen sokağa girerken küçük bir yokuşun tepesindeki kaldırımın toprak kayması nedeniyle göçtüğünü ve yerin derin bir şekilde yarıldığını fark etmiştim. Adamın o yarığa düştüğünü nereden bildin diye soracak olursanız gördüm çünkü. Adam karşıdan ağır ağır bana doğru gelirken yarığı fark etmemiş olacak ki pat diye içine yuvarlandı. Gidip baktım, bayağı derindi. Etrafa göz attım, bir gören var mı diye, yoktu. Şimdi polise haber versem adam ölmüşse al başına belayı diye düşünmüş, siktir et, zaten bir ayağı çukurdaydı deyip yoluma devam etmiştim.

Zavallı adam şimdiye kadar mortingen olmuştur diye düşünerek çukurun başına geri döndüğümde toprağın derinliklerinden inleme sesleri geliyordu. Vay arkadaş, insanlık resmen ölmüş! Bunca saat bir insan evladı yardım etmez mi ya! Hemen polisi, itfaiyeyi, ambulansı, ne varsa aradım.

Neyse, gelip adamı sağ çıkardılar. Bir ayağı kırılmış, başkaca bir şeyi yok. Adam sedyeye alınıp ambulansa götürülürken bana teşekkür üstüne teşekkür etti. Dul karısı da yetişip başını göğsüme dayayarak sevinç gözyaşları döktü. Beraber eve döndük, yine denedik, yine olmadı. Kadın kalktı hastaneye, kocasının yanına gitti. İşte üç ay önce böyle oldu ilk karşılaşmamız ve o günden sonra mahallede dedektif olarak namım aldı yürüdü. Bu arada iki özel iş daha aldım ama onları henüz çözemedim. Birincisi markete giren hırsız, ikincisiyse yine aynı markete giren aynı hırsız. İkisinde de sadece viskileri çalmış namussuz! Marketçiyle anlaşma yaptım, olayı çözersem iki şişe viski verecek. Yalnız, çalıp eve zulaladığım sekiz şişe viskiden haberi yok, duysa oyar beni. Benimki meslek hastalığı. Vergi müfettişliğinden kalma. Çalmadan duramıyorum. Ama çalıp bankaya zulaladığım milyonlardan Nezahat'in haberi yok, duysa o da oyar beni.

Dün gibi aklımda. İlk rüşvetimi aldığımda meslekte on birinci yılımdı. Dinci hükümetimiz devlete yeni yeni yerleşmeye başlamış; iyot gibi açığa çıkmamak için her cuma bütün daire topluca namaza gidiyoruz. Başımızda defterdar, onun da başında beyaz namaz takkesi. Namaz çıkışı Suat pezevengiyle kaytarıp iki tek attıktan sonra gidiyoruz daireye.

Bir gün yine bu Suat pezevengiyle beraber bir ihracat firmasını denetlemeye gitmiştik. Muhasebe müdürü yekten, şişkin bir zarf uzattı. Patronun hediyesiymiş. Suat'la hiç rüşvet olayına girmemişiz daha önce. Dürüstlüğümüzden falan değil ha, kimse teklif etmiyor ki alalım. Biz de işimizi doğru düzgün yapıp gidiyoruz. Neyse, zarfı ucundan açıp şöyle bir göz ucuyla baktım, bir deste dolar! Suat'la birbirimize baktık, tamamdır. Teftiş raporunu imzalayıp çıktık. Heyecandan değil küçük dilimizi büyük dilimizi bile yutacağız neredeyse. Arabada paraları çıkardık ki hepsi bir dolarlık banknot, toplam yüz dolar. Üstelik de tamamı yıpranmış, pörsümüş. Düğünlerde havaya saçılan dolarlara benziyor, hatta kesin öyle çünkü birinin üstüne istek parça bile yazmışlar: "Abi manitam için Düriyemin Güğümlerini çalabilin mi?"

Tabii sonra sonra rüşvet işlerini kurumsal hale getirdik, artık açık pazarlık usulü çalışıyorduk. Başlarda tedirgin olsak da giderek gevşedik. Sistem o hale geldi ki rüşvet almayanı, yolsuzluk yapmayanı dinden çıkmış günahkar, hatta daha beteri iktidar karşıtı azılı muhalif gibi görüyorlardı. Allah var, biz de elimizden geldiğince iktidar yanlısı gibi davrandık, malı götürdükçe götürdük. Suat pezevengi kısa sürede işin bokunu çıkarıp yazlık, jip mip alınca bizim defterdar bunu odasına çağırıp ifadesini aldı. Sıçtık dediğimiz anda Suat defterdara da bir jip alınca olay tatlıya bağlandı. Neyse ki adam dini bütün biriydi de "Bundan sonra aldığınızın yüzde onu benimdir," deyip soruşturmayı kapattı. Çaycısından bakanına, oradan en yukarılara kadar herkesin payını aldığı adil bir düzen kurmuşlardı adamlar. Yemeyenler bir tek solcu sendikacılardı, ama onlar da bol bol sürgün, soruşturma, mitinglerde polis dayağı falan yiyorlardı. Yemeyen yoktu yani. Herkes meşrebine göre.

Bu arada Suat'la ben iki defa hacca gittik. Daha doğrusu hac diyerek bir defa Karayipler'e, bir defa da Şeyseller'e gittik. İhrama girip fotoşoplu Kabe fotoğraflarımızı da her seferinde karılarımıza gönderdik. Dönüşte Mısır Çarşısı'ndan hurma, tespih aldık. Zemzem suyu niyetine damacana su alıp eşe dosta dağıttık. Ne günlerdi be!

Ben paranın çoğunu biriktirdim, dolar yapıp bankaların kiralık kasalarında tuttum. En son miktar iki milyon dolardan biraz fazlaydı. Suat pezevengi parasını çarçur etti, sonra benden borç istedi, ben de faizle verdim. "Faiz haram değil mi Hacı?" dedi. Pis pis küfrettim.

Önümüzdeki seçime kadar birkaç iş daha çevirip son voliyi de vurarak bütün parayla birlikte İbiza'ya kaçmayı, oradan Nezahat şıllığına eğlenceli fotoğraflar atmayı planlıyordum. Bu iktidar seçimde gidici, seçim öncesi kapağı yurtdışına atmakta fayda var diye ben de herkes gibi planımı yapmıştım. Yeni gelecek hükümetle rüşvet düzeninin yerleşmesi bir iki yılı alır, o zamana kadar güvenli bir yerde beklemek lazım.

Yavaş yavaş kaçış hazırlıkları yaparken üç ay önce, işte o düğüne gideceğimiz gece, Nezahat şıllığının çıkardığı hırı fırsat bilerek evi terk ettim. Böylece kaçmadan önce Nezahat'tan da ayrılmış olacaktım. Sonra tek celsede boşanma, arkasından da ver elini İbiza!

Zaman doldurmak için yerleştiğim bodrum katta tam bir emekli gibi yaşadım ki dikkat çekmeyeyim. Fakat gırgırına uydurduğum dedektiflik hikayesi mahalle mahalle yayılınca derdi olan bana koşmaya başladı. Hepsini de işim başımdan aşkın diyerek postaladım. En son orta yaşta, balık etli, kuş sütlü bir afet gelip kapıya dayandı. Babası bir haftadır kayıpmış, izini bulursam elli bin dolar verecekmiş. "Ölü diri fark etmez," dedi. Kayıp peder bayağı varyemez bir gayri menkul zenginiymiş. Ölüsünü bulsam daha iyiymiş, hemen miras işlemlerine başlayacaklarmış. Zaten iki kardeş oldukları için kendi payına düşecek mirası alınca yüz bin dolar daha verebilirmiş. Tabii bir şartla: Babayı ölü bulursam!

Kadın resmen bana "Ne yap et, babamı ölü getir," demiş olurken ben de içimden "Yüz elli bin dolara senin yedi sülalenin ölüsünü getiririm yavrum," demiş oldum. Böylece anlaşma tamamlandı, elli bin doların on binini alıp işe koyuldum. Tabii mesele sadece para değil, işin içinde bu yavruyu etkileme puştluğu da var.

Önce adamın inciğini cıncığını bıncığını, gittiği gezdiği, yediği sıçtığı her yeri balık etli, kuş sütlü kızından detaylıca dinleyip küçük not defterime kaydettim. Adamın birkaç tane de fotoğrafını cebime sıkıştırıp araştırmaya koyuldum. Hacı dayı da bana çok benziyor, şansıma. Benden biraz daha nur yüzlü, ama ben daha yakışıklıyım.

Adamın son görüldüğü yer olan Teşvikiye Camii avlusudan adım adım izini sürmeye başladım. Ha vergi müfettişi ha cinayet büro müfettişi deyip gittiğim her yerde kendimi müfettiş olarak tanıttım. Bir Allahın kulu da demedi ki "Aga, sen ne müfettişisin?"

Takip ettiğim izler beni bizim mahalleye yani Nezahat şıllığıyla on dört yıl oturduğumuz yere kadar götürdü. Daha o an işin içinde bir bit yeniği olduğunu anlamadıysam kalbimin temizliğindendir. Neyse ki beni tanıyacak birine rastlamadan sora sora bir hafta kadar önce fotoğraftakine benzer bir adama burada araba çarptığını, adamın karısının hemen koşup geldiğini ve adamı hastaneye kaldırdıklarını öğrendim. Bizim kayıp Hacı'nın karısı yıllar önce ölmüş olduğundan "o olamaz" diye düşünsem de yine de bir bakayım deyip çevre hastaneleri tek tek dolaştım.

Baktığım üçüncü hastanede nihayet tanıdık bir isme rastladım. Adam bir hafta önce trafik kazası vakası olarak gelmiş. Evet, fotoğraftaki adammış ve evet, aynı saatte ölmüş, morga göndermişler. Cenazeyle karısı ilgilenmiş. Karısı hariç her şey tamam ama daha büyük bir sorun var. İsmi Halim Kaya olmalıyken değil ve çok tanıdık: Cevdet Boynukalın. Sorun şu ki bu benim adım. Sadece adım mı? Tüm nüfus bilgilerim bire bir aynı! Tamam, bu bizim kayıp Hacı Halim değil ama ben de olamam, anasını satayım! Yoksa öldüm mü lan ben? Nezahat şıllığı beni gömdü de aylardır hayalet gibi mi ortalıkta dolaşıyorum? Neredeyse aklımı kaçıracaktım. Hemen morga koştum. "Müfettiş" lafını duyunca adam defteri önüme koydu. Korka titreye sayfaları çevirdim. Parmağımla Cevdet ismini ararken zınk diye tam üstünde durdum; bilgiler bire bir aynı. Daha fenası "cenazeyi teslim alan" kısmında "Nezahat Boynukalın – Eşi" yazıyor.

Morg memuruna baktım, o da bana baktı. "Görüyon mu lan beni?" diye sordum. Afalladı, kekeledi, "Görüyom amirim," dedi. "Elle lan beni," dedim, "Ayıp olmuyo mu amirim?" deyince şaplağı ensesine indirdim. Kesinlikle yaşıyordum.

Atladığım ilk taksiyle Nezahat şıllığına giderken bir yandan da telefonla onu arıyordum. Kullanım dışı diyordu habire. Bizim Nezahat şıllığı nasıl kullanım dışı olur lan! Ben bile doğru düzgün kullanamadım. Çocuk bile yapamadık, gıcır gıcırdı lan Nezahat şıllığı! Ben Nezahat şıllığına ulaşmaya çalışırken dıt dıt, pıt pıt peş peşe mesajlar geldi telefonuma. Açtım baktım, dört foto. Nezahat şıllığından. Bir de kısa not.

Fotolarda İbiza sahilinde mayolarıyla sarmaş dolaş haldeler, selfi çekmişler, orta parmak işareti de yapmışlar. Suat pezevengiyle ikisi.

Notu da şöyle:

"Sen evden siktir olup gidince hayata yeniden başlamış gibi oldum Cevdet. Nefes aldım resmen. Boşanmak için sabırsızlanırken Suat Bey çıkageldi. Senin yediğin hurmaları, banka kasalarını, her bir boku anlattı. 'Boşanma bu yavşaktan,' dedi. Aklıma yattı tabii. Gece gündüz kafamda plan yapıp dururken geçen hafta bizim mahallede adamın birine araba çarptı gözümün önünde. Allah bana o anda bir aydınlanma verdi Cevdet. Koştum, adamın üstüne kapanıp ağladım, dövündüm. Adamla beraber ambulansa bindim. Yolda adamın kimliği, cüzdanı neyi varsa çantama attım. Hastaneye senin adınla girişini yaptırdım. Oracıkta öldün Cevdet. Kollarımda gittin, kahrolmayasıca. Sonra evdeki kimliklerinden birini getirip ölüm belgesini de aldım.

Taziyende de Suat Bey'le planımızı yaptık. İki günde mirasçılık belgesini çıkartıp bankadaki iki milyon altmış üç bin elli doları alıp İbiza'ya geldik. Allah senin cezanı vermesin Cevdet! O elli doların tamamı bir dolarlık banknotlar şeklindeydi ve birinin de üzerinde 'Abi manitam için Düriyemin Güğümlerini çalabilin mi?' yazıyordu. Suat Bey hatırladı, bu para ilk rüşvetten kırıştığınız paraymış. Ben de paranın diğer yüzüne şöyle yazdım Cevdet: 'Çalabiliim yavrum, âlâsını çalabiliim 😊' Kahrından geber inşallah diyecem ama sen zaten ölüsün. Hadi bye."

Evet, tamı tamına böyle oldu işte. Arkadaş, memleketin çivisi çıkmış ya resmen. Bir tane mi namuslu insan evladı kalmadı!

Ben böyle avcumu yalayıp çökmüş halde müşterim Şenay Hanım'a, kayıp Hacı'nın o güzel kızına giderken yolda Allah bana da bir aydınlanma verdi. Aklıma gelen fikri balık etliye de anlattım, kafasına yattı. Olan olmuştu artık. Onun babası ölmüştü ama resmiyette ölen bendim. "Babanın yerine geçeyim. Başka türlü malı mülkü alman kolay olmaz. Hem mirasın yarısını kardeşine vereceğine birazını bana verip gerisiyle mis gibi yaşarsın, gel beni dinle kırışalım," dedim. O daha ilerisini teklif etti, "Kırıştıralım da," dedi. Böylece, babasının kimliğiyle tapuda bütün işlemleri sorunsuz yaparak balık etli Şenay ile malı mülkü satıp kırıştık, kırıştırmak için de İbiza'ya yerleşmeye karar verdik. Nezahat şıllığının aldığı evin yakınında bir ev alıp onu çatlatmaya ant içmiştim çünkü.

Tabii Şenaycığımın Nezahat şıllığının da İbiza'da olduğundan henüz haberi yok. İbiza'ya yerleşince ona her şeyi anlatırım herhalde, inşallah. Sana Düriye'min şeyini gösterecem Nezahat! Alnımın teriyle biriktirdiğim rüşvet paralarını çalmak hangi kitapta var, Allahsız karı?!

Çıplak

Zaman akıp giderken hayatın anlamını belirleyen şey ona neyi ne kadar nakşettiğimizdir. Her acı, her sevinç, her haz ya da her keder hayata nakış gibi işlenmiyor; eğreti duruyor bazısı, veya üstümüzden geçip giden kuş misali değmiyor, dokunmuyor bize. Dokunanlarsa yakıyor, yıkıyor, yapıyor, bozuyor, kılcal damarlarımızdan kalbe sızıyor, sonra tüm vücudumuza yayılıyor. Karman çorman bir nakışa dönüşüyor tenimizin altında, üstünde. Tenimizin altındakidir bir yüzümüz, üstündekiyse aynaya yansıyan kibrimiz.

Ölmeden önce mutlaka yapılması gereken on şeye dair bir liste oluşturmaya çalışıyorum kafamda. Sehpanın altında bir İran kilimi var. Nakışları hüzünlü. Kilimi neden sehpanın altına sererler ki! Belki de İran kilimi değildir, nakışlarında da hüzün yoktur. Ama ben öyle olsun istiyorum; bir İran kilimine hüzün nakşedilmiş olsun ve yıllar yılı el değiştirip sonunda bu doktor muayenehanesinin bekleme salonunda tam da önümdeki cam sehpanın altından bana kederle baksın istiyorum. Bakmıyor ama. Küs gibi. Herkes gibi. Hayat gibi. Ölü gibi. Ben de yakında öleceğim. Doktor söyledi, geçen hafta. Çok tehlikeli bir kanser türü dedi. Bir çocuğa ninni söyler gibi, incitmeden. Tedavisi imkansız dedi. Ama umut kesilmez dedi, aşk acısı gibi. Tüm bedenimi sarmış, bazen Nilgün'ün yaptığı gibi.

Sadece bir şey bulabildim. Daha dokuz tane bulmam lazım, ölmeden önce yapmak için. Niye on? Otuz dört olsa? Yaşadığım her yıl için bir tane? On iyi. Ondan sonrası yok çünkü. Ondan sonrası kayıp. Istırap ondan sonrası. Ve kanser. İlk yapacağım şey bir gece onun mezarının yanına çırılçıplak uzanıp sabaha kadar uyumak olacak. Allah kabul etsin! Geri kalan dokuzu da bulurum elbet.

İran'da saçı göründü diye "ahlaksız polis" tarafından katledilen Jina Mahsa Amini'nin kederli kara gözleri sehpanın üstündeki gazeteden bana bakıyor. Sehpanın altındaysa İranlı kadınların dokuduğu İran kilimi... Kilim ayaklar altında, Mahsa omuzlar üstünde. Doktor yemekte, botokslu sekreter cilvede. Ben... ben araftayım.

"Randevuya erken mi geldim?" diyorum, botoks hanım "Hayır, Doktor Bey yemeğe geç çıktı," diyor. "Doktor Bey öğlen yemeğinde bütün bir domuz mu yiyor?" diye soruyorum; çünkü iki saattir yemekte ve ben yarım saattir bekliyorum. Şişme dudaklarını büzerek "Olur mu efendim!" diye hayretle bana bakıyor botoks ve ekliyor: "Doktor Bey dini bütün bir Müslümandır, hayatta domuz eti yemez." "Belki de domuz Doktor Beyi yemiştir, sonuçta domuz Müslüman değil," diyerek doktora üstü kapalı domuz demiş oluyorum ama sekreter hanım hiç istifini bozmuyor. İşveli bakışlarıyla beni süzüp "Haşa, tabii ki değil," diyor ama "haşa" lafını doktor için mi yoksa domuz için mi kullandığı pek anlaşılmıyor.

Otuz dört yaşımda öleceğim; Mahsa'yı da gencecik yaşta öldürdüler. Kilimin nakışları gerçekten hüzünlü. Jina Mahsa'nın resminin olduğu gazeteyi alıp kilimin üstüne koydum. Sekreter şaşkın şaşkın bana bakıyor. "Mahsa İran'ı güzelleştirecek," diyorum. Aptala bağlayıp "…Tamam!?" diyor. "Mahsa Amini kim, biliyor musun?" diye ciddi ciddi soruyorum. "En iyisi ben doktoru arayayım," deyip cep telefonuna sarılıyor. Hafif çatlak olduğumu düşündüğü belli, kaş altından tedirgince bana bakıyor. Doktorun telefonu çalıyor, ikimiz de duyuyoruz, çünkü aynı anda elinde çalan telefonla açık kapıdan içeri giriyor bizimki. Ayağı İran kilimine takılınca cam sehpanın üstüne devriliyor. Mahsa'nın ve İran kiliminin üstü bir anda kanlar içinde kalıyor. Doktor kan revanda, sekreter feryat figanda, ben… ben gene araftayım.

Cahit Sıtkı'nın "Otuz Beş Yaş" şiiri aklıma geliyor, şiiri hak etmeye daha on ayım var. Ve daha "yolun yarısı" edecek. "Görebilecek miyim yolun yarısını?" diye soruyorum doktora. Bir elinde üç, diğerinde bir parmağı sargılı; ucuz atlattı ama kafası kopmuş kadar üzgün görünüyor. Belli ki canı tatlı. Yüzüme bakmayı akıl mı edemiyor? Gözlerini sargılı parmaklarından ayırmadan ağlak bir sesle soruyor: "Neyi?" Bir süre cevap vermeden bekliyorum. Adamın umurunda bile değil. Sonra "Cenneti," diyorum. "Olur, hallederiz," diye cevap veriyor. "Ebeninkini," diyorum. "Tamam, tamam, dert etme," diyor. Dokunsan ağlayacak gibi, kendine acıyarak parmaklarına bakıyor. Ben öleceğim, parmaklarım çürüyecek ve de her yerim. Nilgün toprak olmuştur çoktan, on altı ay geçti. On altı ay dört gün. Covid-19, Nilgün 29'du.

Kalkıp odasından çıkıyorum, doktor fark etmiyor bile. Botoks "İyi günler, efendim," diyor. Karşısına geçip "Jina Mahsa Amini İranlı bir Kürt kadınıydı, saçının teli göründü diye İran polisi onu döverek öldürdü," diyorum. Kadın ona saldıracağımı falan mı düşündü, korkudan yüzü beyazladı; titriyor. Biraz bağırarak konuştum galiba.

Yaşamak için ilk şart sağlıklı olmak değil istekli olmaktır. Ben bunu on altı ay dört gün önce yitirdim. Doktorumu değiştirmem gerekir, kemoterapi seansları, moral geceleri falan... Ölmek daha kolay geliyor. Ölmeden önce yapacağım ikinci şey Nilgün'ün mezarının başında çırılçıplak amuda kalkmak olacak. Amin! Kaldı sekiz şey.

Hayal kurmak, umut etmek, gerçekleştirmek... İlkini herkes yapar, ikincisini direnenler, üçüncüsünü ise riski göze alanlar. Risk alıyorum, tedavi olmayacağım, ölüm çıkıp gelsin istiyorum. Nilgün'ün mezarının başında çırılçıplak dans edeceğim. Allahım, bir şey dememe gerek var mı? Kaldı yedi.

Molla rejiminin bütün cellatları saçının tek teline kurban olsun Mahsa; saçımı kazıtıp başımı Nilgün'ün mezar taşına vura vura ağlayacağım bir gece. Allah hepinizin belasını versin! Kaldı altı.

Hayat sizin olsun, gülmeler sizin; çirkeflikler, rezillikler, sevişmeler, cinayetler, ağlamalar, aldatmalar, mutluluklar, pespayelikler, ucuz yaşamalar hep sizin olsun. Ben Nilgün'ün mezarının yanına çırılçıplak uzanıp öleceğim, geri kalan beş de sizin olsun.

Teşekkür

Hapishanede altıncı yılım ve beşinci kitabım.

Yazmak benim için bir direnişe dönüştü artık. Yazmasam hayatta olduğuma kendimi ikna edemeyeceğim sanki. Yazabildiğim sürece varım, varsam yazmalıyım. Mektup, makale, şiir, öykü, roman, şarkı... Yeter ki yazmak olsun.

Başlangıçta niyetim bu değildi. Yani birçok kitabı yayımlanmış bir yazar olmayı hiç hedeflemeden başladım yazmaya. Ama iş inada bindi artık. Beni ne kadar burada, 12 metrekarelik bu hücrede tutarlarsa o kadar zaman boyunca yazma serüvenimi sürdüreceğim.

Ve elbette bu serüvenimde her daim benimle birlikte olanlar var olmaya devam ettikçe...

Öncelikle sevgisini, sıcak ilgisini ve duasını bir an olsun esirgemeyen değerli halkımıza ve halkımızın evlatlarına, bütün tutsak arkadaşlarıma,

Can yol arkadaşım, aşkların en güzeli Başak'a, kızlarımız Delal ve Dılda'ya,

Hücre arkadaşım Dr. Adnan Selçuk Mızraklı'ya,

Büyük destek veren yoldaşlarım Ferhat Kabaiş, Zınar Karavil, Bilal Kalkan ve Mehmet Şerif Eltimur'a,

Demirtaş Savunma Grubu'nda yer alarak bana fedakarca, dostça destek olan, her biri birbirinden değerli avukat arkadaşlarıma,

Turgay, Şükrü, Osman, Celal'e,

Dipnot Yayınları'nın kıymetli emekçileri Emirali Türkmen ile İbrahim Yıldız'a,

Kitabın basımından önce son okumasını yaparak bana katkı veren değerli Aslı Erdoğan'a, Semih Gümüş'e, Yiğit Bener'e,

Kapak tasarımını ve ayracı hazırlayan Kemal Gökhan Gürses'e,

Sonsuz teşekkürlerimle, minnetle...

Selahattin Demirtaş

Edirne F Tipi Yüksek Güvenlikli Cezaevi

SELAHATTİN DEMİRTAŞ

Seher

Öykü

Seher'deki hikâyeler, heveskâr işi değil insana ve yaşama duyulan derin sevginin ince bir mizahla harmanladığı has yazar işi metinler. Karşımızda, tutsaklık günlerinde vakit doldurmak için yazan biri değil, bugüne kadar ortaya çıkmamış, okura ulaşmamış bir edebiyatçı var.

Oya Baydar

SELAHATTİN DEMİRTAŞ

Devran

Öykü

Toz duman kenarlardan, taşradan ve kuytulardan, memleketten yoksulluk halleri. Utananlar, üzülenler, âşıklar, yevmiyeciler, küçük kasabalar, hazin ve uzakta kalan hayatlar.
Devran, inatçı neşesiyle geçip giden zamanın çarpıklığını anlatıyor. Umut umut, cümle cümle…
Evvela mahsus selam ediyor doğan güne.
Selahattin Demirtaş, yaralıların, umarsızların, kalbi hızla çarpanların hikâyecisi. Sofrasında konuk ağırlayan, durup durup konuşan…